魔法警察ファンシー☆マリリン
1
Fancy Marilyn
やますやま
ill. さまてる
「やあ、みんな、お待たせ！
魔法警察ファンシー☆マリ
参上だよ
」
またまたお手柄!!
ファンシー☆
未解決事件を華麗に解決!!

小宮楓《こみやかえで》
サバサバ系美人。
零人とは小学生からの付き合い。
マリリン☆
魔法の国からやってきた
魔法警察(自称)の美少女。
迷渕零人《まよいぶちれいと》
高校生探偵として活躍する少年。
なぜかマリリンに気に入られたようで……？

森野真理《もりのまり》
零人の隣の家に引っ越してきた
謎多き転校生。
怪盗レザービー
悪党のみから宝石を奪う
ナイスバディな怪盗。
速水澄香《はやみすみか》
クールな女刑事。
零人のファンで、彼にはやたらと甘い。
八崎文《はちざきふみ》
2-Aのクラス担任。
真面目で、目立つ事を嫌っている。

「おはよう！
一人暮らしで寂しい助手のために
朝ごはんを食べさせてあげるよ！
感謝して！」

魔法警察ファンシー☆マリリン 1

～証拠がなくても即逮捕！～

やますやま

OVERLAP

Fancy Marilyn 1

＊CONTENTS＊

イラストレーター　さまてる

プロローグ

現場は高級住宅街の一角に建つ豪邸だった。

無駄に広いリビングの真ん中に、被害者である金余利《かねあまり》溜造《ためぞう》氏が倒れており、捜査一課の刑事達《たち》が現場検証を行っていた。

「なんてむごい。心臓を一突きか。で、凶器は？」

「被害者の傍らに落ちていたビームサーベルだと思われます」

「ビームサーベルか。面倒な事になりそうだな」

一般には出回っていない、非合法な武器だ。

刑事達がうなっていると、制服姿の高校生と思われる少年が現場に入ってきた。

少年は遺体を見て、ポツリと呟《つぶや》いた。

「金に汚い事で有名な金余利さんか。恨んでいる人間は星の数ほどいそうですね」

「また君か、迷渕《まよいぶち》君。素人が口を出すなとあれほど……」

捜査の責任者である中林《なかばやし》警部が少年を注意しようとすると、女性刑事がそれを制した。

「待ってください、警部。彼の推理を聞いてみてはどうですか？」

「いや、しかしだな。これは警察の仕事であって……」

「あくまでも参考意見としてです。いつも助かっているでしょう?」

「うむ……」

女性刑事から痛い所を突かれ、警部はうなった。

少年の名は迷渕零人《れいと》。一部では非常に有名な迷渕一族の人間である。

迷渕の名を持つ者には推理力の高い者が多く、プロの探偵として名を馳《は》せている者もいるのだ。

零人はまだ高校生だが、探偵の資質を備えており、警察の捜査に協力している。

彼の意見によって解決した事件は多く、警察もあまり邪険には扱えないのだ。

「仕方ないな。では、あくまでも参考意見として……」

「警部のお許しが出たわ! 迷渕君、あなたの意見を聞かせて!」

女性刑事の速水《はやみ》が目をキラキラさせて零人を見つめる。普段の彼女はクールな女刑事なのだが、どうも零人に期待している節があるというか、彼のファンなのだ。

零人はうなずき、改めて遺体の観察を行った。被害者は相撲取りのように肥満した初老の男で、趣味の悪い真っ赤なガウンを羽織っている。仰向《あおむ》けに倒れており、その左胸には直径五センチぐらいの丸い穴が開いていた。

傍らに転がっている円筒形の物体を見つめ、零人はうなった。

「凶器はビームサーベル、正面から心臓を一突きか。顔見知りの犯行でしょうね」

「さすがは迷渕君、そこまで分かっちゃうんだ！　すごいすごい！」

「……そのぐらい、我々も見当を付けているぞ」

速水刑事がはしゃぎ、中林警部が不愉快そうに呟く。

零人は苦笑し、さらに自身の見解を述べた。

「被害者に恨みを持つ人間は多いでしょうが、ビームサーベルを扱える人間となると限られてくるでしょうね。これはたぶん……」


零人が容疑者に関する推理を述べようとした、その時。

庭に面したリビングのガラス戸が、ガシャーン！　と派手な音を立てて砕け散り、何者かが飛び込んできた。

突然の事に驚き、固まっている皆の前にスタッと着地し、謎の人物が名乗りを上げる。

「やあ、みんな、お待たせ！　魔法警察ファンシー☆マリリン、参上だよ！」

「「「……」」」

それは妙な格好をした小柄な少女だった。

まず、衣装がショッキングピンクで派手だ。警察官が被《かぶ》っているようなデザインの大きな帽子を頭に載せ、やたらとフリフリしたデザインのローブをまとっている。

金色の長い髪をなびかせ、幼く愛らしい顔立ちには青い大きな瞳がキラキラと輝く。

妖精のような美しさを備えているものの、全体的に目には優しくない姿だった。まるでピンクの化身だ。

手にはなんだかオモチャっぽいステッキを持っている。クリスタルカットされたジュエルがいくつも埋め込まれていて、電池を内蔵して光ったり鳴ったりしそうなデザインだ。

殺人現場に魔法使いみたいな格好をしたコスプレ少女が飛び込んできた。

陰鬱なサスペンスドラマのワンシーンにアニメキャラが乱入してきたような状況だ。あまりにも場違いな少女の登場に、捜査陣は呆気《あっけ》に取られた。

皆の反応などお構いなしで、ピンクの少女は室内を見回し、倒れている被害者に目を留めるなり、ハッとした。

「ひいっ、し、死んでるぅううう!?　な、なんで、どうして!?　んきゃあああああ！」

少女の悲鳴に近い叫び声によって硬直が解け、零人は彼女に声を掛けた。

「静かに。殺人事件の捜査中なんだ」

「聞いてないよぉおおお！　ドロボウか何かだと思って来たのにぃいいい！」

「誰も呼んでないだろ。遊びで来たんなら帰ってくれ」

すると少女はムッとして、零人をにらんだ。

「遊びとは失礼しちゃう。そう言う君は誰？　警察官には見えないけど、素人は引っ込んでてもらえるかな？」

「なっ……なんだって？」

今度は零人がムッとする番だった。中林警部が小声で「どっちも素人だろ……」と呟いたが、誰も聞いていなかった。

「なんなんだ、君は？」

「聞いてなかったの？　私は魔法警察ファンシー☆マリリン！　れっきとしたプロの捜査官だよ！」

「……そうなんですか？」

零人が問い掛けると、刑事達は一斉に首を横に振った。皆、知らないらしい。

「誰も知らないみたいだが」

「それはそうだよ！　だって私は魔法の国の、魔法警察の捜査官だから！　地球の同業者の皆さん、こんにちは！」

マリリンに笑顔で挨拶をされ、刑事達は困惑顔だった。

零人はうなり、マリリンに尋ねた。

「つまりそういう設定のキャラのコスプレをやっているのか？」

「ちがーう！　マリリンはオリジナル、オンリーワンの存在だよ！　誰かの真似《まね》をしてるわけじゃありません！」

「自分が創作したキャラになりきっているのか？　重症だな」

真顔で呟く零人に、マリリンはプクッと頬をふくらませた。

「はいはい、頭の堅い素人君は引っ込んでてね！　この事件、マリリンが解決しちゃうから！」

「な、なんだと？　おい、これは遊びじゃないんだぞ。現場をロクに見てもいないくせに解決なんかできるわけが……」

するとマリリンは人差し指をビッと立てて左右に振り、チッチッチ、と舌を鳴らした。

「そんなの必要ないよ！　魔法警察の捜査官は魔法で犯人を当てちゃうの！」

「ま、魔法で？　そんな馬鹿な……」

驚く零人に構わず、マリリンはキリリと表情を引き締め、オモチャみたいなステッキをスチャッと構えた。

「見てて！　華麗に犯人を当てちゃうよ！　チャート・リバァァァースッ！」

ステッキを振り回し、マリリンが謎の呪文を唱える。

するとステッキの先端部分に埋め込まれたプラスチックっぽいクリスタルジュエルがピカピカと光り、虹色の光をあたりにばらまいた。

やがて光が集束していき、一人の人物にのみ集中して降り注ぐ。

その人物にステッキを突き付け、マリリンは叫んだ。

「犯人は、あの人だよ！」

「!?」

それは制服姿の警官だった。通報を受けて真っ先に駆け付けたという、最寄りの交番に勤務している警察官だ。

刑事達は驚き、零人がマリリンに問い掛ける。

「僕も犯人は警察の関係者じゃないかと考えていたが……なぜ、彼だと思った？　何か動かぬ証拠でも見付けたのか？」

「そんなのなんにもないよ！　魔法で犯人を当てただけだから！」

「えっ？　じゃあ、動機や証拠が判明したわけじゃ……」

「捕まえちゃえば分かるよ！　さあ、逮捕しよう！」

マリリンが叫び、ローブの袖から直径三〇センチ以上はありそうなやたらと大きな手錠を取り出す。

皆の注目を集めてしまった警官はうろたえ、慌てて腰に提げた拳銃のケースに手をやった。

「く、くそ、なんで分かったんだ!?　捕まってたまるか！」

「いかん、銃を抜こうとしているぞ！　取り押さえろ！」

中林警部が叫び、刑事達が警官に飛び掛かろうとしたが、警官が拳銃を抜く方が早かった。周囲に銃口を向け、刑事達《たち》を威嚇する。

「抵抗しても無駄だよ！　えいっ、御用だ！」

マリリンが大型の手錠を投げ、それは不思議な光を放ちながら回転し、警官が引き金を引くよりも早く彼の身体《からだ》に命中、拳銃を握った腕ごと胴体にガチャリと掛かった。

身動きが取れなくなった警官に刑事達が飛び付き、拳銃を取り上げる。

連行されていく犯人を見送り、得意そうに胸を張るマリリンを、零人は珍獣を見るような目で見つめ、呆然《ぼうぜん》と呟《つぶや》いた。

「き、君は一体、何者なんだ……？」

するとマリリンはステッキをビシッと構え、決めポーズらしきポーズを取って叫んだ。

「魔法警察ファンシー☆マリリン！　捜査もしないで即逮捕ッッッ！」

「いや、だめだろそれ……」


その後の調べで、犯人の警官は被害者から多額の借金をしていた事が分かった。返済の期限を延ばしてもらう代わりに非合法な品を入手するのに手を貸していたらしく、あのビームサーベルもそういった品の一つだった模様。無理な要求ばかりしてくる被害者に怒りを覚えていた警官は、品物を渡すついでに殺害しようと考え、実行に移したのだった。

事件は異例の早さで解決してしまい、犯人の自供によって裏付けも取れた。

魔法警察ファンシー☆マリリンの名は、世間に広く知れ渡る事になったのだった。

「何が魔法警察だ……僕はそんなの認めないぞ……」

活躍の場を奪われた迷渕零人《まよいぶちれいと》が不愉快な気分となったのも、無理からぬ話であった。

第1章　魔法警察・マリリン登場！

北部九州最大の都市、Ｆ県Ｆ市にて。朝の登校時間。

『お手柄！　魔法警察ファンシー☆マリリン！　犯人逮捕！』

「……」

朝刊のトップを飾る煽《あお》り文句《もんく》を目にして、迷渕零人は眉をひそめた。

零人は高校二年生である。登校の途中、たまたま立ち寄ったコンビニで、マリリンの記事が一面トップを飾っている新聞を見掛けた。

一体、いつ撮ったのか、新聞の一面には決めポーズを取ったマリリンのカラー写真がでかでかと掲載されていた。記事の最後の方に小さく『高校生探偵出番無し』と書かれているのを見付け、零人はこめかみをピクピクさせた。

「くそ、腹立つな。僕が解決するはずだったのに……」

新聞を購入し、コンビニを出る。事実ではあるが、実に不愉快な記事だ。これだからマスコミは好きになれない。

「事件を解決したのは確かだけど、あんなの反則だろ……証拠も無しに魔法で犯人を当てる？　無茶苦茶だ……」

零人は別に手柄が欲しくて事件に首を突っ込んでいるわけではない。

謎解きや推理が好きなのは間違いないが、一番の理由は正義を守りたい、悪を許せないという気持ちが強いからだった。

はたして、あのマリリンとかいう少女に正義を守る心があるのだろうか。それ以前に存在そのものが胡散臭《うさんくさ》いように思えて仕方がない。

「テレビ局か何かが企画したキャラクターなんじゃないか？　でも、犯人を当てたのは確かだし……まさか占い師か？」

零人はマリリンの魔法について、まったく信じていなかった。

ステッキはオモチャみたいだったし、手錠も偽物臭かった。魔法っぽく見せたのは特殊効果か何かで、本質は手品ではないかとにらんでいる。

また会う事があれば、トリックを暴いてやるつもりだ。魔法などという非現実的なモノを認めてたまるものか。

零人がブツブツと呟きながら学校へ向かって歩いていると、脇道から何かが飛び出してきた。

「うわっ！」

避《よ》ける暇もなくぶつかってしまい、零人は痛みに顔をしかめた。

「な、なんだいきなり。危ないな」

ぶつかってきたのは長い髪をした少女だった。零人が通う高校の女子用制服を着ている。

零人はちょっと痛かった程度だったが、少女の方は打ち所が悪かったらしく、仰向《あおむ》けに倒れて目を回していた。

「お、おい、君！　大丈夫か？」

「ふみゅうう……」

倒れた少女を放っておくわけにもいかず、零人は慌てて身をかがめ、肩を抱いて起こしてやった。

「しっかりして！　どこをぶつけた？」

「脳天にエルボーがストライクですよ……ふみゅうう……」

「軽い脳震盪《のうしんとう》を起こしてるみたいだな。ひとまず学校まで運ぶか」

自分のと少女の通学用バッグを肩に引っ掛け、両腕で少女を抱え上げる。少女は意外と軽く、零人は驚いてしまった。

落とさないように注意しながら、学校へと急ぐ。登校中の生徒達が何事かと好奇の目を向けてきたが、それらの視線を無視して突き進む。

学校までたどり着いた零人は、校舎の一階にある保健室に向かった。

少女を保健室まで運び込み、養護教諭に事情を話す。あとは任せるように言われ、零人は「お願いします」と告げて保健室を後にした。

「ふう。まったく、朝からバタバタと……あの子は大丈夫かな」

校舎三階にある2－Aの教室にて。窓際の列最後尾にある自分の席に着いた零人はようやく落ち着き、ため息をついた。

やがて予鈴が鳴り、担任の教師が教室に入ってきて、朝のショートホームルームが始まる。

担任の八崎文《はちざきふみ》はそこそこ若い女性教諭で、緩やかにウェーブした長い髪をアップでまとめ、眼鏡を掛けている。グレーのスーツ姿で地味な印象が強いが、プロポーションはよく、かなりの美人だと零人は分析していた。

別に女教師という存在に特別なこだわりがあるわけではなく、自然と観察してしまうのだ。人間観察は探偵の職業病のようなものなのである。

「今日は転入生を紹介します。入ってきて」

担任の言葉に教室がざわめき、廊下に待機していた生徒がおずおずと入ってくる。

それはとても長い髪をした、美しい少女だった。身長は高二女子の標準ぐらいで、優しげな笑みを浮かべている。

少女の姿を確認し、零人はハッとした。なぜなら少女は登校途中にぶつかった、あの少

森野真理

女だったのだ。まさか転入生だったとは。おかしな巡り合わせもあったものだ。

「森野真理《もりのまり》です。よろしくお願いします」

ニコッと微笑《ほほえ》み、少女がペコリと頭を下げて挨拶をする。

森野真理と名乗った少女はとてもかわいらしく、美人と言っていい容姿をしていた。

サラリとした長い黒髪に、つぶらな瞳、愛らしい顔立ち。発育はかなりよいようで、大きく隆起した胸のふくらみが目を引く。

とりあえず空いている席に座るようにと担任に言われ、真理が歩いてくる。

零人の右隣に机が用意されており、それが転入生のための席なのだと零人は今さらながらに気付いた。普段の零人ならそのぐらい気付きそうなものなのだが、今朝は色々あって注意力が散漫になっていたらしい。

真理が椅子を引き、腰を下ろす。隣の席に座る零人に目を向けるなり、真理はハッとした。

「あっ、あなたは……私の脳天にエルボースマッシュを打ち込んでくれた人？」

「いやいやいや、君が僕の肘に頭突きを打ち込んだんじゃないか。言いがかりはやめてくれ」

クラスの皆がざわめき、零人は慌てて言い訳をした。

真理はニコッと笑って呟いた。

「ふふふ、冗談ですよ。いきなりぶつかったりしてすみませんでした」

「あっ、うん。分かってくれればいいんだ」

「頭を打ってフラフラの私を学校まで運んでくれたのはあなたですよね？　ありがとうございます、迷渕零人さん」

「いや、お礼なんて……あれ、どうして僕の名を？」

「保健室で聞きました。有名人だそうですね」

零人が警察の捜査に協力している事は全校生徒に知れ渡っている。保健室に運び込んだのが誰なのかは養護教諭にでも尋ねればすぐに分かるだろう。

初対面の少女から有名人などと言われ、零人は照れてしまった。頬をポリポリとかきながら、真理を見て……ふと、首をひねる。

「あれ？　君、前にどこかで会った事があるかな？」

「いいえ、今朝が初対面です。やだ、いつもそう言って女の子と仲良くなるんですか？」

「いや、そんなんじゃ……おかしいな、一度でも会った事のある人間の顔は忘れないんだけど……ごめん、誰かと間違えたみたいだ」

「うふふ、そうですかー」

真理の言う通り、彼女とは今朝が初対面のはずだ。よく似た誰かと勘違いしてしまったか。

だが、その誰かというのが誰だったのか、思い出せない。おかしな事もあるものだ。

首をひねる零人《れいと》を、真理は笑顔で見ていた。


休み時間になると、真理の席には人だかりができていた。転入生に興味を持ったクラスメイト達《たち》が集まってきて、真理にあれこれと質問している。

邪魔になっては悪いと思い、零人は席から離れておいた。

そこへ一人の女子が声を掛けてくる。

「迷渕《まよいぶち》ぃ、見たよ、ニュース。活躍できなくて残念だったねー？」

「別に。気にしてないさ」

セミロングの茶色い髪に、つり目がちの目をした、気の強そうな少女。

彼女の名は小宮楓《こみやかえで》。零人とは小学校の頃からの顔見知りだ。

ちょっとチャラそうに見えるが、割と気のいい少女である。美人の部類に入る容姿をしていて、やや痩せ型でスラッとしたプロポーションをしている。

楓はニヤニヤと笑い、零人を冷やかすように呟《つぶや》いた。

「顔に書いてあるよ？　俺様が華麗な推理を披露して事件を解決してやる予定だったのにアホみたいな女に邪魔されて超むかついてる、って」

「むかついてない。僕を変なキャラにしないでくれ」

「はは、ごめんごめん。でもさ、あのファンシーなんたらって何者よ？　あんたの同業者？」

「彼女については謎だ。何者なのか知りたいのは僕の方だよ」

新聞に掲載されていたインタビュー記事によると、マリリンは魔法の国からやって来た魔法警察のS級捜査官で、こちらの世界の警察でいうと警部に相当する階級らしい。

そういうキャラ設定のタレントなのかもしれないが、ふざけすぎていると思う。まだ○○星からやって来た宇宙人とか言っている方がマシな気がする。

「困ったね、迷渕。相手が魔法使いじゃ勝ち目なくない？」

「別に戦うわけじゃないし。それに魔法なんてあるわけないじゃないか。手品かパフォーマンスの類《たぐい》に決まっている」

「だといいけどね。下手にもめるとファイヤーボールとか撃たれたりして」

「ファ、ファイヤーボール？　たとえ手品でもそれは勘弁して欲しいな……」

マリリンが火の玉を放ち、火だるまにされる自分の姿を想像し、零人はゾッとした。

「迷渕は魔法とか異能力は使えないの？」

「使えるわけないだろ！　僕は異能バトル世界の住人じゃない！」

「それじゃ魔法使いに太刀打ちできないじゃん。せめて異能力ぐらいは持ってなくちゃ」

「必要ない。というか、持ちたくても持てないし」

改めて言うまでもなく零人は普通の高校生である。その推理力を駆使して警察の捜査に協力しているために探偵呼ばわりされているだけであって、超常的な能力などはないのだ。

「でも、真面目な話、どうすんの？　事件が起こるたびに魔法使いが現れて魔法で解決しちゃったら、高校生探偵の出番なんてないよね？」

直球ストレートな指摘を受け、零人は「うっ」とうめき、胸を押さえた。

懸命に平静を装い、すまし顔で答える。

「……それならそれでいいと思う。事件を解決できるのなら結構な事じゃないか。誰がどんな方法を取るのかは大した問題じゃない」

「出番を奪われても構わないっての？　へー、大人だね、迷渕は」

「ふっ、まあね」

「鬼みたいな形相で悔しそうに歯ぎしりしてなきゃ決まってたのにね」

「そんな顔はしていない！」

零人が否定すると、楓はヘラヘラと笑って言った。

「ま、がんばんなよ。あんたなら魔法使いにも勝てそうな気がするし。応援してるからさ」

「小宮……君は時々、いいヤツだな……」

「こら。い・つ・も、でしょ？」

「いてっ」

人差し指で零人の額を軽くつつき、楓は去っていった。

楓なりに励ましてくれたのだろう。額を押さえ、零人は笑みを浮かべた。

「……」

大勢の生徒に囲まれながら、森野真理は零人と楓のやり取りをジッと見ていた。


時はすぎ、放課後。

一人で下校中の零人が校門を出たところで、上着のポケットに入れていたスマートフォンがブルブルと振動した。メールの着信を知らせるバイブレーションだ。

スマートフォンを取り出し、メールをチェックして、零人は目を細めた。

差出人は速水《はやみ》刑事。内容は事件の発生を知らせるものだった。

「一つ先の駅か。急ごう」

駅へ向かい、電車で移動し、現場最寄りの駅で降りて徒歩で移動する。

普通の高校生である零人は基本的に公共の交通機関で移動する。バイクでも使えればと思うのだが、免許がないので無理だ。

スマートフォンの地図アプリでルートを確認しつつ、事件現場へと急ぐ。

現場まであと少しというところまで来て、前方に見覚えのある人物の姿を発見し、零人は首をかしげた。

「あれは……？」

大きな帽子に、ショッキングピンクのローブをまとい、金色の長い髪をなびかせた、小柄な少女。

どこにいても目立つその少女は、自称魔法警察の捜査官、マリリンだった。

マリリンは電柱の陰に身を潜め、道路の向こうの様子をうかがっている。

その視線の先には、数台のパトカーが停車していて、広大な敷地を有した、二階建ての大きな邸宅があった。

どうやら零人が目指す目的地、すなわち事件現場はあの家のようだ。

「ふふふ、そろそろ出番かな……」

「おい。そこでなにをしているんだ？」

「!?」

零人が声を掛けると、マリリンはビクッと肩を震わせ、零人に目を向けた。

「むっ、君は確か、探偵の……迷子くんだっけ？」

「誰が迷子くんだ！　僕の名は迷渕零人だよ！」

「そうだっけ？　まあどうでもいいや！」

本気でどうでもよさそうにしているマリリンの言動に零人はちょっぴりキレそうになっ

たが、ここで怒っては負けだと思い、平常心を保つように努めた。

「……それで、なにをしているんだ？」

「見て分かんないの？　突入するタイミングを計っていたんだよ！」

「突入って、事件現場にか？　なぜそんな真似《まね》を……」

「普通に行っても追い返されるのがオチでしょ？　だから警備の隙を突いてカチ込むんだよ！」

「強引すぎるだろ！　君は本当に警察官なのか？」

「魔法の国のね！　ここじゃただの不審者だよ！」

不審者の自覚はあるのか。それにしてもどうして一々得意そうにしているのだろう。マリリンの性格がつかめない。

「早く行って事件を解決してあげなくちゃ！　地元警察のみんながマリリンの到着を待っているに違いないよ！」

「たぶん待ってはいないと思うけど……君の目的も僕と同じ、事件を解決する事なのか？」

「当然だよ！　それが魔法警察の仕事だから！」

「……」

よく分からないが、彼女なりに真面目に事件を解決するつもりでいるらしい。

少なくとも遊び半分というわけではなさそうだ。マリリンの態度から、零人はそう判断した。

「僕は現場へ向かうけど、君はどうするんだ？」

「行くに決まってるでしょ？　警察の警備網を破って突撃するよ！」

「突撃はよせ！　仕方ないな、一緒に来るかい？　僕は一応、通してもらえるから」

するとマリリンは大きな瞳をキラキラと輝かせ、うれしそうに微笑《ほほえ》んだ。

「いいの？　うわあ、ありがとう！　探偵気取りのド素人め、とか思ってたけど、意外といいやつだね！」

「僕の事をそんな風に思っていたのか……」

かなり引っ掛かるものがあったが、今さら取り消すわけにもいかない。仕方なく零人はマリリンを連れて行く事にした。


現場は住宅街の一角にある豪邸だった。屋敷の主人である会社社長が何者かによって殺されたらしい。

屋敷の周囲は警察によって封鎖され、多数の捜査員が出入りしていて物々しい雰囲気だった。

零人は顔見知りの警官に挨拶をして通してもらった。警官はマリリンを見てギョッとしていたが、零人が自分の連れだと言うと彼女も通してくれた。

事件現場は一階の奥にある寝室だった。零人が姿を見せると、中林《なかばやし》警部が顔をしかめた。

「また来たのか、迷渕君。素人が首を突っ込むんじゃ……」

「待ってたわ、迷渕君！　よく来てくれたわね！」

警部を押し退《の》け、速水刑事が笑顔で声を掛けてくる。

短めにカットした黒髪に、鋭い目をした女性刑事。黒のスーツに身を固め、プロポーションはかなりよく、美人と言っていい容姿をしている。

捜査一課では「鬼の速水」とか「速水は鬼」とか「むしろ鬼が速水」とか言われて恐れられているが、零人にはとても好意的に接してくれている。

「遅くなりました。それで被害者は？」

「こっちよ。見てちょうだい」

被害者である屋敷の主人はでっぷりと肥満しまくった初老の男性だった。はっきり言って悪人面で、被害者よりも加害者が似合いそうな顔をしている。

彼は長さが一メートル強ぐらいの槍《やり》で胸を貫かれ、仰向《あおむ》けの姿勢で床の上に倒れていた。

「槍で一突きか。なんてむごい……」

室内を見回し、窓が開いているのに気付く。窓から外をのぞいてみると、数メートル先に屋敷の外を囲むコンクリートの塀があり、その向こうに屋敷の裏側を通る道路が見えた。

塀そのものはそれほど高くないが、塀の上には先端の尖《とが》った長い鉄柵が並んでいて、よじ登って乗り越えるのは難しそうだった。

零人《れいと》の後に続いて現場に入ってきたマリリンが遺体を目にして、顔色を変えた。

「きゃああああああ！　し、死んでるぅ！　知らないおじさんが串刺しにされてるよぉおおおお！」

「お、おい、静かに。現場検証の邪魔になるだろ」

「だ、だって人が死んでるんだよ!?　なんで君は平気なの！　ゲーム脳とかいうやつ？」

「誰がゲーム脳だ！」

無論、零人も凄惨な殺人現場の光景を見て驚いてはいるが、一々騒いでいては捜査にならない。

大騒ぎをしているマリリンに、刑事達《たち》は迷惑そうな顔をしていたが、彼女には前回の事件を解決した実績がある。そのため、口に出して文句を言う者はいなかった。

「あなたも来ちゃったのね。うるさいから帰ってくれない？」

いや、文句を言う者が一人だけいた。速水刑事は露骨に顔をしかめ、冷ややかな目でマリリンをにらみ、シッシと追い払う動作をした。

零人に対する態度と違いすぎるだろ、と他の刑事達は思ったが、速水が怖いので何も言えずにいた。

だが、マリリンは怯《ひる》まず、ステッキを振り回して高らかに名乗りを上げた。

「お待たせ！　魔法警察ファンシー☆マリリン！　華麗にご登場だよ！」

「……誰も待ってないし。冷やかしなら帰ってもらえる？」

「そんなに冷たくしないでよ、おばさん！　わざわざ来てあげたのに！」

「お、おばっ……！？　警官侮辱罪で射殺するわよ、クソガキ……！」

速水が懐から拳銃を抜き、中林警部や同僚の刑事達が慌てて彼女を取り押さえる。

零人はため息をつき、室内にたたずんでいる複数の人物に目を向けた。

メイドらしき女性、執事らしき老人、太った中年男、筋骨隆々とした熟年男性……という四人が並んでいる。

「こちらの方々は被害者の関係者ですか？」

「あ、ああ、そうだ。この屋敷に出入りしている人達だよ」

中林警部が答え、メイドらしき女性から順に簡単な紹介と説明を始めた。

「第一発見者の家政婦さん。被害者からはいつもセクハラを受けていたらしい」

「旦那様はスケベジジイで、何かにつけて触ってくるんです。いつか殺してやろうと思っていました」

それは二〇代半ばぐらいと思われる女性で、胸元が大きく開いたミニスカメイド服を着ていた。かなりの美人でプロポーションもよく、服装は雇い主である被害者の趣味らしい。

彼女をジッと見つめ、零人は呟《つぶや》いた。

「胸元に赤黒い染みが付いていますね。もしかして、血ですか？」

「えっ？　やだ、いつの間に……」

「拭き取らないで。そのままにしていてください」

もしや返り血だろうか。皆から疑いの眼差《まなざ》しを向けられ、家政婦は顔をしかめて「チッ」と舌打ちした。

続いて警部が、二人目の人物を紹介する。

「こちらは家の事を取り仕切っている執事さん。偉そうに命令する被害者に不満を持っていたらしい」

「安月給でこき使われていまして。寝首をかいてやろうと狙っておりました」

それは初老の男性で、執事服に身を包み、白い髪をオールバックでまとめ、隙のない雰囲気を漂わせている。

彼が糸のように細めた目の奥でギラリと瞳を光らせ、なぜか速水《はやみ》刑事をにらんでいるのに零人は気付いたが、ひとまず黙っておく。

引き続き警部が、三人目の人物を紹介する。

「ニートの甥《おい》っ子《こ》さん。小遣いをせびりに来ていたそうだ」

「たんまり溜《た》め込んでるくせにケチでよぉ。小遣いくれなくて参ったぜ」

それは三〇代前後と思われる太ったジャージ姿の男で、知性の欠片《かけら》もない醜悪な顔をしていて、被害者によく似ていた。

彼が鼻の頭に絆創膏《ばんそうこう》を貼り付けているのを見て、零人は尋ねてみた。

「その怪我《けが》は？」

「あ、ああ、これはその……叔父さんにやられてさ、ちょっとすりむいたんだ。事件とは関係ねえよ」

「……」

被害者に傷を負わされたのに事件とは無関係だというのか。後で詳しく話を聞く必要がありそうだ。

「最後に被害者が経営している会社の副社長さん。経営方針の違いで被害者とは犬猿の仲らしい」

「社長を殺して次期社長の椅子をゲットしてやろうと企《たくら》んでいましたが、手間が省けましたな。ククク……」

四人目はスーツ姿の熟年男性で、不穏な台詞《せりふ》と邪悪な笑みを漏らしていた。筋肉がムキムキで、レスラーのような体型をしている。素手で人を殺せそうな男だ。

四人の関係者というか容疑者を観察し、零人はうなった。

全員に動機があり、しかも殺す気満々の者ばかりだ。少しは殺意を隠してはどうかと思う。

まずは全員のアリバイを確認しようかと零人が考えていると、マリリンが明るい声を発した。

「犯人が誰なのか当てちゃおうよ！　早く帰りたいし！」

「いや、待ってくれ。慎重に捜査を進めた方が……」

「魔法警察にお任せだよ！　いくよ、チャート・リバァァァース！」

マリリンがオモチャみたいなステッキを振り回し、怪しい魔法を炸裂《さくれつ》させる。

——解説しよう！　チャート・リバースとは！『結果』から、そこに至るまでのルートをたどり、犯人を当てる魔法である！

すなわち、エンディングからフローチャートを逆にたどっていき、殺人という『結果』を生み出した人物を特定するのだ！

途中の経緯は魔法を使用した者にも分からないので、具体的な犯行の方法は不明のままなのが欠点だ！　以上、説明終わり！

ステッキに埋め込まれたクリスタルジュエルがピカピカと光り、七色の光をあたりにばらまく。

やがて光が集束し、一人の人物にのみ降り注ぐ。

その人物にステッキを突き付け、マリリンが叫ぶ。

「犯人は、この人だよ！」

それは被害者の甥っ子だった。皆の視線が集中し、彼は脂汗をかきまくっていた。

刑事達は半信半疑といった様子で、リアクションに困っていた。

皆を代表するようにして、速水刑事がマリリンに問い掛ける。

「彼が犯人だという証拠はあるの？」

「ないよ！　魔法で当てただけだから！」

「そんな理由では逮捕するわけにはいかないわね。もっと真面目にやって」

「私は真面目で本気だよ！　なんで信じてくれないの？」

ムッとしたマリリンに、速水はため息をつき、他の刑事達は苦笑していた。

警察としては魔法などを認めるわけにはいかないのだろう。

零人も同じ意見ではあるが、頭ごなしに否定する気にはなれなかった。

なぜなら……零人も彼が一番怪しいと思っていたからだ。一人だけ殺意の有無について口にしなかったのが引っ掛かっていた。

「魔法の存在については置いておいて、どうなんですか？　あなたが犯人なんですか？」

零人が鋭い眼差しを向けると、甥っ子は慌てて叫んだ。

「い、いや、そんなわけないだろ！　そもそも俺に犯行は不可能だぜ！」

「というと？」

「小遣いをくれって言ったら断られてよう。しつこく食い下がったら叔父さんにボコボコにされてさ、家から叩《たた》き出されたんだ。執事や家政婦も見てるはずだぜ」

顔の傷はその時のものらしい。零人はうなり、確認を取るように呟いた。

「つまり、家から追い出されたあなたに犯行は不可能、そして、あなたが追い出された時には被害者は生きていたので殺してから家を出たわけではない……そういう事ですか？」

「そ、そうだよ！　いない人間にどうやって殺せるっていうんだ!?」

なんだか妙な事になってきた。念のため執事と家政婦に尋ねてみると、彼の話に間違いはないという。

追い出されてから事件の知らせを受けて駆け付けるまで、彼は屋敷に近付いていないと主張している。それが事実なら犯行は不可能だ。

こっそり屋敷に忍び込んで犯行に及んだという可能性もあるが、家の者は誰も彼の姿を見ていないらしい。

屋敷の敷地内に設置されている監視カメラの録画映像にも忍び込んだ姿などは映っていないという。

彼は犯人ではないのか。そこで零人はマリリンに尋ねてみた。

「魔法なんてものは存在するわけがないと思うけど、君の魔法に間違いはないのか？」

「なにその矛盾した質問は!?　ちゃんと存在してるし、間違いなんてあるわけないでしょ！」

「彼は自分に犯行は不可能だと主張している。屋敷に忍び込んだ形跡もない。これを覆すには動かぬ証拠が必要だと思うんだが……」

「そんなの必要ないよ！　犯人なのは間違いないんだから、逮捕しちゃえばいいんだよ！　あとは拷問して吐かせよう！」

「ご、拷問って……自白を強要しろっていうのか？」

冗談かと思ったが、マリリンは本気らしかった。「吐くまで指を一本ずつ折ればいいんだよ！」と言うマリリンに、零人《れいと》は頭痛を覚えた。そんなのは事件の捜査じゃない。

そこでマリリンが、何か閃《ひらめ》いたようにハッとして声を上げた。

「あっ、分かったよ！　犯行の方法が！」

「本当か？　一体、どうやって……」

「凶器は槍《やり》！　槍だからこそ可能な犯行だったんだよ！」

「……！」

マリリンの言葉を聞き、零人は驚いてしまった。実を言うと零人も同じ事を考えていたのだ。

殺害の方法などいくらでもあるだろうに、なぜ槍で串刺しにしたのか。

たまたま槍が手元にあったから、とも考えられるが……そうではないとしたら？

決定的だったのは、寝室の窓が開いていた事だった。

そこから犯人が侵入した？　いや、違う。

槍を持った人間が窓から入ってきたら逃げるか騒ぐかするはずだ。だが、そうはならなかった。

「家の外から槍を投げ込んだんだよ！　おじさんが窓に近付いたところを狙って！」

そう。すなわち、殺害の方法は槍による投擲《とうてき》だ。

おそらくだが、容疑者の甥っ子は小遣いをせびりに来た際、寝室に忍び込み、窓を開けておいたのだろう。

槍で狙いやすくするために。そして、被害者が開いている窓を閉めようとするのを見越して。

屋敷から追い出された後、裏通りに回り込んで機会をうかがい、被害者が寝室の窓に近付いた瞬間を狙い、用意していた槍を投げ込んだのだろう。

マリリンもそこまで考えたのだとすれば、いい加減なように見えて、実は意外と論理的な思考能力の持ち主なのかもしれない。

「槍だけに投げやりな犯行だったんだよ！　投げやり！　だから槍を投げたんだ！」

「……ダジャレかよ！　君はもしやアホなのか？」

「失敬だな、素人探偵くん！　マリリン侮辱罪で縛り首にしちゃうぞ！」

ローブの袖から荒縄で組んだ頑丈そうな輪っかを取り出したマリリンに、零人は冷や汗をかいた。そんな刑罰は存在しない。してたまるか。

零人は輪っかをつかみ、押し戻そうとした。するとマリリンが押し返してくる。

二人が揉《も》めていると、容疑者の甥っ子がギリギリと歯噛《はが》みし、叫んだ。

「おい、俺の存在を無視するなよ！　容疑者扱いするんなら、納得いくようにちゃんと説明しろ！」

「えー？　面倒だし、そこは省略して逮捕でよくないかな？」

「よくねえよ！　ちゃんとやれ、ちゃんと！　大体なあ、俺がやったっていう証拠でもあるのかよ!?」

するとマリリンは得意そうに胸を張って叫んだ。

「そんなものはないよ！　犯人を裁くのに証拠なんか必要ないのさ！」

「いや、必要だろ!?　俺が犯人じゃなかったらどうするんだよ！」

「犯人で間違いないから問題ないよ！　だから安心して死刑になってね！」

「む、無茶苦茶だ！　おい、刑事さん達《たち》！　まさか、こんなヤツの言う事を聞くんじゃないだろうな!?」

彼の言葉に、中林《なかばやし》警部を始めとする刑事達が難しい顔をしてうなる。

マリリンの理屈は現代の日本では通用しない。せめて目撃情報ぐらいはないと逮捕するのは無理だ。

動こうとしない刑事達にマリリンは首をかしげ、不思議そうにしていた。

「あれ、どうして捕まえないの？　このブサイクが犯人で間違いないのに！」

「捕まえたくても証拠がな……確かに限りなく怪しいブサイクだが……」

中林警部が無念そうに呟《つぶや》き、他の刑事達は「あいつが犯人だよな？」「あの顔は間違いない」「射殺しましょう」などと囁《ささや》き合っていた。最後のは速水《はやみ》刑事だ。

マリリンは頬をふくらませ、警部に告げた。

「証拠があればいいんだね？　たとえば、犯行の目撃者とか」

「あ、ああ。だが、今のところ、有力な目撃情報は何も……」

「ちょっと待ってて！　捜してくるよ！」

言うが早いか、マリリンは寝室から飛び出していった。

そして五分もしないうちに、マリリンは戻ってきた。

「ご町内を一周してきたけど、目撃者はいなかったよ！」

「そうなのか？　では、証拠は何もないままか……」

中林警部が難しい顔をしてうなり、容疑者である甥《おい》っ子《こ》がホッとした様子で言う。

「それみろ！　俺はやってないんだから、証拠なんかあるわけないんだよ！」

「でも、お前が犯人だよね？」

「違うって言ってるだろうが！　お前言うな！　指差すな！」

甥っ子に人差し指を突き付け、「犯人、犯人！」と連呼するマリリン。

彼が「名誉毀損で訴えるぞ！」と叫ぶと、マリリンは口を閉ざし、石像のように動かなくなった。

魔法警察の捜査官も訴えられるのは困るらしい。

「証拠などあるわけない、か……そうすると、この事件は迷宮入りかな」

呟いたのは零人だった。彼の言葉に、刑事達がざわめき、マリリンは眉根を寄せた。

「なに言ってるの？　まだあきらめるには早いよ！」

「さて、どうかな。怪しい人物はいるようだけど……」

そう言って鋭い眼差《まなざ》しを向けてきた零人に、甥っ子がビクッと震える。

零人は甥っ子から視線を外し、落ち着いた口調で語り始めた。

「一つずつ確認していきましょう。見ての通り、凶器は槍で、家の外から投げ込まれたも
のと推測される。これは間違いないでしょう」

誰も反論しないのを確かめ、零人は言葉を続けた。

「今のところ、有力な目撃情報はない。犯人も馬鹿じゃないし、槍には指紋など残ってい

ないでしょう。手袋ぐらいしていたはずです」

チラリと被害者の方に目を向けると、指紋を採取していた鑑識員が首を横に振っていた。

「関係者の中に槍投げの経験者でもいれば分かりやすいんですが、そんな人がわざわざ槍を凶器に使うとは思えない。自分が犯人だと宣言するようなものですしね」

「一応、調べるつもりだが……」

中林警部が呟き、零人はうなずいた。

「さて、では誰に犯行が可能なのでしょうか。普通なら屋敷にいた人間が怪しいわけですが、犯行の方法が『家の外から槍を投げて殺害』だとすると、逆になりますね。執事さん、生きている被害者を最後に見たのはいつですか？」

「午後一時ぐらいだったかと……旦那様が甥っ子さんを追い返したのがそのぐらいです」

「メイドさんが遺体を発見したのは？」

「ええと、午後三時をすぎた頃でした」

「その二時間の間に、お二人は外出されましたか？」

「いいえ、屋敷におりました」

「二人でテレビを観《み》ていましたから間違いないです。すごくつまんないドラマをやっていて、私はチャンネルを変えようと言ったのに執事のジジイが言う事を聞かなくて……」

「彼女に首を絞められましたが私は断固として譲りませんでした。午後の二時間サスペンス再放送は唯一の楽しみでして」

零人はうなずき、副社長に目を向けた。

「その時刻、副社長さんはどちらに？」

「会社です。その時間は会議に出ていたので、社員に聞いてもらえれば分かりますぞ。会議は揉めに揉めて、大乱闘になりましたからな。私は生意気な社員をちぎっては投げ、ちぎっては投げと大活躍でした！」

「それは傷害ですな。逮捕します」

笑顔で得意そうに告げる副社長に中林警部は手錠を掛けた。

「殺人事件とは関係ないのでは……」と戸惑う副社長から目をそむけ、零人は呟いた。

「なるほど。となると……四人の中で犯行が可能な人間は一人だけという事になりますね」

零人が呟き、皆の視線が甥っ子に集まる。彼はオロオロとうろたえ、慌てて訴えた。

「い、いや、待ってくれ！　叔父さんは嫌われ者で、色んな人間から恨まれていたんだ！容疑者は他にもいるはずだぜ！」

「なるほど。それはそうかもしれませんね」

あっさりとうなずいた零人に、甥っ子が額の汗をぬぐう。

彼の反応を観察しながら、零人は呟いた。

「犯行時刻、あなたはどこにいましたか？」

「え、えーと。叔父さんに追い返されて、それから……駅前をブラついてたかな。調べりゃ分かるだろ」

最近は街中に防犯用の監視カメラがいくつもある。彼が駅前に行ったというのなら、姿が映っているものもあるだろう。

だがそれは、駅前に行ったという証明にしかならない。再び屋敷まで戻ってきて、犯行に及ぶ事は可能なはずだ。

……というか、これまでの動揺ぶりから見ても間違いなく彼が犯人だろう。零人のみならず、この場にいる全員がそう思っていた。

あと少し、わずかな手がかりさえあれば、それを証明できる。零人は顎に手をやって考えた。

そこでずっと黙っていたマリリンが、声を上げた。

「目撃者を見付けたよ！」

「!?」

一体、いつの間に捕まえてきたのか、マリリンは一匹の黒猫を抱きかかえていた。

家政婦の女性がハッとして呟く。

「あっ、クロ」

「クロ？」

「屋敷で飼っている猫です。警察が来るまでは私が抱っこしていました」

零人《れいと》はうなずき、マリリンに尋ねた。

「まさか、その猫が目撃者だって言うんじゃ……」

「その通り！　この子がバッチリ見たんだって！　間違いないよ！」

自信満々なマリリンに、その場に居合わせた一同はガックリとうなだれた。

皆を代表して、零人がため息混じりに呟く。

「猫じゃ目撃者にならないんだよ。君は猫と会話ができるのか？」

「うん、できるよ！　あれ、みんなはできないの？」

「残念ながらね。人間の言葉を話せる猫だったらよかったのにな……」

するとマリリンは、ニコッと微笑《ほほえ》んだ。

「じゃあ、話せるようにしよう！」

「えっ？　ど、どうやって……」

「任せなさい！　そんなの朝飯前だよ！」

猫を床の上に下ろし、ステッキをスチャッと構え、マリリンは叫んだ。

「みんなに話を聞かせてあげて！　アニマスピーキング！」

ステッキのジュエルがピカピカと光り、虹色の光が黒猫に降り注ぐ。

まさかと思い、皆が注目していると……黒猫が口を開いた。

「……確かに見たにゃ。そこのブサイクな男が槍《やり》を投げて、オッサンを串刺しにするところを……見事な投げ槍っぷりだったのにゃ」

「ね、猫がしゃべった!?　馬鹿な、どうなってるんだ……」

目を丸くした零人に、マリリンが得意そうに告げる。

「通訳の魔法なんて初歩中の初歩だよ！　魔法警察の捜査官にできないわけないでしょ？　あまり馬鹿にしないで欲しいな！」

「そ、そうなのか？　しかし、これは……」

はたして、猫の証言などを証拠として採用できるのだろうか。零人は悩んだ。

甥っ子が顔色を変え、叫ぶ。

「おいおい、冗談じゃねえぞ！　そんなの当てになるわけないだろ！　そいつが腹話術か何かでしゃべらせてるだけじゃねえか！」

「腹話術じゃないし、無理矢理しゃべらせてるわけじゃないよ！　この子は本当に見たんだってば！」

「んなもん誰が信じるか！　このインチキ魔法使いが！　てめえなんざ訴えてやるからな！　腕のいい弁護士を知ってるんだ！」

甥っ子が反論し、マリリンはムッとした。

「誰がインチキだって？　もういっぺん言ってみなよ！　二度とそんな口が叩《たた》けないようにしてやるから！」

「お、落ち着けよ。暴力は駄目だ」

ステッキを振り上げて殴り掛かろうとしたマリリンを、零人は慌てて止めた。

残念ながら不利なのはマリリンの方だ。魔法の存在など、この世界では認められていない。裁判になれば勝ち目はないだろう。

零人は顎に手をやってうなり、マリリンと容疑者の甥っ子、家政婦、黒猫を順番に見つめ、ポツリと呟いた。

「なあ、クロさん。ちょっと訊《き》きたいんだが……」

「迷渕《まよいぶち》君？　猫なんかの証言を信じるの？」

目を丸くした速水刑事に苦笑しつつ、零人は黒猫に尋ねてみた。

「君はあの人が槍を投げたところを見たんだな？」

「見たにゃ。間違いないのにゃ」

「もしかして、見ただけじゃなくて……他にも何かしたんじゃないか？」

「……」

零人が尋ねると、なぜか黒猫はそっぽを向いた。

皆の視線が集中し、やがて黒猫は観念したようにため息をつき、答えた。

「実は、あの野郎を引っかいちまったのにゃ。うちの塀を触って何かゴソゴソやってたから、つい」

「！」

その場に居合わせた全員がハッとして、甥っ子の顔に貼り付けられた絆創膏《ばんそうこう》に視線が集まる。甥っ子はオロオロとうろたえ、首を横に振った。

「ち、違う、この怪我《けが》は……」

「失礼。見させてもらいますね」

速水《はやみ》刑事が彼の顔に手を伸ばし、ベリッと絆創膏を剝がす。

真新しい爪痕が残っているのを見て、皆は「あっ」と声を上げた。

「おや、これは……動かぬ証拠が出てきたわね」

「い、いや、違うって！　確かにこれは猫に引っかかれた傷だけど、これはあれだ、そう、叔父さんに追い出された時に、家の外でその猫にやられて……」

「それはないです。彼が追い出された時、クロは私が抱いていましたので」

家政婦が呟《つぶや》き、甥っ子がうろたえる。

すかさず、零人は家政婦に尋ねた。

「クロが外に出ていたのはいつ頃の時間帯ですか？」

「午後二時すぎぐらいだったと思います。三時前には戻ってきました」

「屋敷から離れていた可能性は？」

「ないです。クロは屋敷の敷地から出た事がありませんので」

零人はうなずき、甥《おい》っ子《こ》に目を向けた。

「つまり、あなたが『クロに引っかかれる事が可能だった時間』は、午後二時すぎから三時前までだったわけですね。丁度、犯行時刻と重なるわけですが、あなたは何をしていたんですか？」

「そ、それはその……ぐぐぐ……」

甥っ子は真っ赤な顔でうなり、そして、ハッとした。

「そ、そうだ、槍！　槍はどこから出てきたんだよ！　そんな物を持ってウロウロしてたらそれこそ通報されて……」

「塀に刺してあったんでしょう？　鉄柵にまぎれるようにして。それを取り出そうとしている時にクロに引っかかれたんじゃないんですか？　塀のどこかに穴が開いているはずです」

「ううっ!?　そ、そうなのか？　し、知らなかったな。あははは……」

彼は脂汗を流し、ただでさえ見苦しい顔をさらに醜く歪《ゆが》めていた。

だが、まだ言い逃れができると思っているらしく、ブルブルと震えながら零人に言う。

「お、俺を追いつめたつもりだろうが甘いぜ！　猫なんか町中にいくらでもいる！　俺を引っかいたのがその猫だっていう証拠はないはずだ！　どうだ、参ったか！　詰めが甘いんだよ、詰めが！　猫の爪だけに！　ヒャハハハハ！」

零人はニコリともせず、淡々と呟いた。

「家政婦さんの服に付いていた血は、クロを抱いていたから付いたのでしょう。クロの爪にも血液や細胞が付着しているでしょうし、調べればそれらがあなたのものである事が分かると思いますよ」

「えっ!?　い、いや、それは……」

「あなたの言う通り、猫の爪が証拠になりましたね。甘くはないでしょうが」

「ぐ、ぐぐ……！」

ギリギリと歯噛《はが》みし、甥っ子は叫んだ。

「お、お前らみんなして、俺を犯人に仕立て上げようとしてるだけじゃないか！　警察の陰謀だ！」

「むっ、警察を侮辱する発言は許さないぞ！　魔法警察の捜査官は見逃さないよ！」

マリリンが叫び、ステッキを突き付ける。ジュエルが光り、これまでとは違う赤黒い毒々しい光が放たれ、容疑者を襲う。

「うわあ、なんだこりゃ!?　ギャアアアアア！」

肥満した甥っ子の身体《からだ》がドロドロに溶け、様々な色が入り混じったヘドロみたいな物体に変わってしまう。

皆が驚く中、マリリンは胸を張り、得意そうに告げた。

「汚れスライムの刑に処してやったよ！　そいつはドロドロに溶けた姿のまま、今後の人生を送るのさ！」

「な、なんてむごい……なにもそこまでしなくても……」

あまりの事に、中林《なかばやし》警部が青い顔をして呟くと、マリリンは得意そうに告げた。

「マリリンはＳ級捜査官だから、逮捕権や捜査権だけでなく、処刑権も持ってるんだよ！魔法の国での話だけど」

「しょ、処刑権だと？　魔法警察とやらは恐ろしすぎるな……」

中林警部が「我々は普通の警察でよかった……」などと言ってため息をつく。

胸を張って「えへん！」と威張っているマリリンを、悪魔か死神を見るような目で見つめ、零人は冷や汗をかいた。

「逮捕する前に処刑してどうするんだ……おい、元に戻してあげろよ」

「んー、どうしようかなー？　罪を認めるんなら考えてあげてもいいよ！」

マリリンが交渉というか脅迫めいた事を言ったが、容疑者はドロドロに溶けていて話ができる状態ではなかった。

零人が元に戻すように強く訴えると、マリリンは不満そうにしながら渋々とステッキを振った。

「仕方ないなあ。えいっ、人間に戻れ！」

虹色の光が放たれ、スライム状態の容疑者が人間の形に戻っていく。

どうにか元の姿に戻り、ほっとした様子の甥っ子に、中林警部が詰め寄る。

「さて、それでは署までご同行願えますか？」

「く、くそう。なんで俺が……」

「ここにいるとまた溶かされますよ」

「わ、分かったよ……」

笑顔でステッキを振り回すマリリンに震え上がり、容疑者の甥っ子は大人しく連行されていった。ついでに副社長も連行されていく。

これで一応、事件は解決か。零人はため息をつき、そこで執事に尋ねた。

「一つだけ分からない事があるんですが。執事さんはなぜ速水さんをにらんでいたんですか？」

「……実はここだけの話、私はドMでしてな。あの刑事さんのような方に厳しく取り調べをされたら最高だなあと思って見つめておりました」

「そ、そうですか。聞かなかった事にします」

家政婦が「馬鹿じゃないの？」と言って向こう脛《ずね》に蹴りを入れると、執事は「なんたるご褒美！」と言って喜んでいた。零人《れいと》は顔を引きつらせ、執事から目をそむけた。

ふと見ると、マリリンが黒猫と話をしていた。

「俺は人間に怪我をさせた罪で逮捕されるのかにゃ？」

「今回は見逃してあげるよ！　ご主人様の仇《かたき》が討ててよかったね！」

「正直、あのオッサンは好きじゃなかったのにゃ。メイドの姉ちゃんに抱かれてるのが一番気持ちいいにゃ」

「そっかー」

そこでマリリンは零人に目を移し、ニコッと笑った。

「意外とやるね、迷渕零人！　素人のくせに大したものだよ！」

「そ、それはどうも……君もまあ、がんばったんじゃないか」

「よければ助手にしてあげるよ！　私の下で働かないかね？」

上から目線で言われ、零人の顔が引きつる。マリリンの魔法が本物なのかどうか、零人はまだ判断が付かないでいる。

人間をドロドロに溶かしたのはかなり本物くさいが……もしかすると何かのトリックではないか。いや、トリックに決まっている。魔法などというものが存在するわけがないのだ。

「言っておくが、僕はまだ君を認めたわけじゃないぞ。というか、怪しい要素が多すぎてどこを信用したらいいのか分からないぐらいだし……」

「そうなの？　ピュアな心を失った現代人らしい意見だね！　かわいそう！」

「憐《あわ》れむような目で見るなよ！　そもそも君の目的はなんだ？　なぜ事件に首を突っ込んでくるんだ？」

するとマリリンは胸を張り、得意そうに答えた。

「正義を守るために決まってるよ！　それが一番大事な事だからね！」

「……！」

なんの迷いもなく即答したマリリンに、零人は衝撃を受けた。

てっきり彼女はタレントか何かで、宣伝活動のために事件を解決してみせようとしていると思っていたのだが……。

正義を守るため。実に単純だが、その言葉を迷わず口にできる者などなかなかいない。

「……いい答えだ。遊び半分でやっているわけじゃないのか。安心したよ」

「私はいつも真剣だよ！　悪を裁くのは仕事だし！　こっちの警察のヌルいやり方が見ていられなくて、手を貸してあげる事にしたんだよ！」

「いや、それは余計なお世話なんじゃ……」

「悪は滅ぼすべし！　罪を憎んで人も憎む！　それが魔法警察の方針なのさ！」

「か、過激すぎないかな？　一応、犯罪者にも人権というものが……」

「知ったこっちゃないよ！　悪人は見付け次第どんどん逮捕してやるから！」

どうも根本的な部分での考え方が異なっているようだ。

零人は顔を引きつらせ、幼い顔で過激な方針を口にするマリリンにちょっぴり恐怖を覚えた。

「ま、まあ、なんだ。正義を守るために悪人を裁くというのには同意しておくよ。でも、ちゃんと手順を踏むように気を付けてくれ。君のやり方は今の社会じゃ通用しないぞ」

「分かってるよ！　この世界じゃ逮捕権もないし、こっちの警察に合わせてあげるよ！」

「そ、そうか。最低限の常識はあるみたいで安心したよ」

「それから、実はもう一つ理由があってね。マリリンは研修でこっちの世界に来ているんだよ！」

「研修？」

「魔法警察の新米捜査官は、他の世界へ行って課題をこなす必要があるんだよ！　マリリンは異例の速さで出世しちゃったから、まだ研修を終えていなかったの！」

「そ、そうなのか。その研修の課題というのはどんなものなんだ？」

「魔法の国から逃亡した、凶悪な犯罪者を逮捕する事だよ！　吸血鬼の二人組を捜しているんだけど、知らないかな？」

「いや、残念ながら知らないな……」

「そっかー」

吸血鬼の犯罪者など聞いた事もないし、そんなものがいるわけがない。マリリンがどこまで真実を語っているのか、零人は分からなくなってきた。

見たところ、彼女は真剣そのもので、嘘《うそ》を言っているようには見えないのだが……もしかすると、誰かに騙《だま》されて「そういう役」になりきっているのかもしれない。

「こっちの世界では分からない事が多いし、助手になってフォローしてくれないかな？報酬は弾むよ！」

「いや、それは……ちょっと遠慮したいな」

さすがにそこまで彼女の事を信用できない。少なくとも現時点では。

マリリンは残念そうにしていたが、すぐに気を取り直し、明るい声を発した。

「まあいいや！　好きにやらせてもらうよ！」

「そ、そうか。やりすぎないように気を付けてくれるとうれしいな……」

「善処するよ！」

笑顔で手を振り、マリリンは去っていった。

残された零人はため息をつき、とんでもないのと関わってしまったものだと今さらながらに思ったのだった。

第2章 六つ子殺人事件

市街地郊外、ごく普通の住宅街の一角に、迷渕《まよいぶち》零人の自宅はあった。

同じ一族の者にはプロの探偵もいたりするが、零人自身は割と一般的な家庭で育った。

ちなみに父は売れない推理作家で、母は資産家の娘だったりする。

現在、両親は海外にいて、零人は一人暮らしをしている。……あまり一般的な家庭とは言えないのかもしれない。


洋風二階建ての一軒家が零人の自宅だった。帰宅した零人は家の門をくぐろうとして、ふと、足を止めた。

「?」

今朝、家を出た時までは、特に異常はなかったはずなのだが……何やら隣の家の様子がおかしい。

隣の家はしばらく空き家になっていて、誰も住んでいないはずなのだが、伸び放題だった敷地内の雑草が刈り取られていて、薄汚れていた家屋がきれいに洗浄されていた。

もしかして、誰かが引っ越してきたのか。少し気になった零人は、隣の家の前まで移動してみた。

門柱に真新しい表札が貼り付けられていて、そこには『森野《もりの》』という文字が記されていた。

「……ん？　森野って、まさか……」

零人が首をかしげていると、背後から声を掛けられた。

「おや、迷渕君じゃないですか。うちになにか御用ですか？」

「!?」

振り返ってみると、そこには、長い黒髪をなびかせた少女がたたずんでいた。

転入生の森野真理《まり》だ。まさかこんなところで遭遇するとは思いもせず、零人は驚いてしまった。

「も、森野さん？　ええと、もしかしてこの家に……」

「はい、今日、越してきたばかりです。迷渕君こそ、どうしてここに？」

「い、いや、実はその……隣は僕の家なんだ」

「えっ！　そうなんですか？」

真理は不思議そうに首をかしげ、零人に告げた。

「さては迷渕君、私が引っ越してきた家を調べて、隣に越してきたのでは……」

「違うよ！　僕の家はずっとここだから！」

「ふふふ、冗談ですよ」

のんきに笑う真理に、零人は頬を引きつらせた。

それにしても、まさか転入生の真理が、隣の家に引っ越してくるとは。さしもの零人も予想していなかった。

おかしな偶然もあるものだ。彼女とはよほど縁があるようだ。

「でも、びっくりです。引っ越してきたばかりの家の隣に、転入した学校のクラスメイトが住んでいるなんて……すごい偶然ですよね」

「あ、ああ、そうだね。正直、僕も驚いているよ」

「なんだか運命みたいなものを感じちゃいます。私にとって迷渕君は運命の人だったりするのでしょうか？」

「えっ？　い、いや、それはどうだろう？」

なにやら意味深な事を言われ、零人はうろたえてしまった。

改めて観察するまでもなく、真理はかなりの美少女だ。優しげな笑顔、落ち着いた雰囲気、抜群のプロポーション……非の打ち所がないとはこの事か。

そんな絵に描いたような美少女から『運命の人』などと言われ、零人は動揺を隠せなかった。

学校では隣の席で、プライベートでは隣の家に住んでいる。これはもう、嫌でも顔を合わせる機会が多くなるに違いない。

全然嫌ではないというか、むしろラッキーだと思うぐらいだが。

「ふふふ、分かりますよ、迷渕君がなにを考えているのか……」

「えっ？」

「隣に越してくるなんて、さてはコイツ、探偵である僕を狙う犯罪者だな！　とでも考えているのでしょう？　分かります」

「い、いや、そんな事は全然……考えもしなかったかな……」

「おや、そうなんですか？　迷渕君は探偵さんだそうですから、目に映る人間すべてを犯罪者ではないかと疑ってみるのではないかと思ったのですが」

「そ、そんな事はないよ。確かに、疑ってみるのは探偵の基本かもしれないけど……少なくとも森野さんは犯罪者には見えないな」

零人《れいと》が素直な感想を口にしたところ、真理はちょっとだけ驚いた顔をした。

ニコッと微笑《ほほえ》み、優しげな目を向けてくる。

「ふふ、ありがとうございます。そう言っていただけるとうれしいです」

「ま、まあ、僕じゃなくても同じ印象を抱くと思うけど」

「迷渕君だからうれしいんです。高校生探偵として活躍されているあなたに信用してもらえるなんて名誉な事です」

「お、大げさだよ。僕の探偵としての能力なんて、まだまだ未熟だと思うし」

「まあ、そうなんですか？　つまり、これからさらにレベルアップされていくわけですか。すごいですね」

柔らかく微笑む真理に見つめられ、零人は照れてしまった。

美人の知り合いは割と多いと思うし、女性の犯罪者に遭遇した事もある。

そのため、女性と接するのはそれほど苦手ではないつもりなのだが……真理のような清《せい》楚《そ》可《か》憐《れん》で落ち着いた雰囲気の美少女と出会ったのは初めてで、なんだかドギマギしてしまう。

「実は私、一人暮らしなんです。ちょっと事情がありまして」

「えっ、そうなのか。僕も今、一人で生活しているんだよ」

「あらあら、迷渕君も？　私達《たち》、本当に気が合うんですね」

「そ、そうだね」

照れ笑いを浮かべる零人に、真理は笑顔で告げた。

「知らない土地で、一人で暮らすのはちょっと不安だったのですが……同じような生活をしている迷渕君がお隣に住んでいるのは心強いですね。あの、なにかあったら相談してもいいでしょうか？　ご迷惑じゃなかったらですけど……」

「あ、ああ、もちろん。僕でよければ力になるよ」

「わあ、ありがとうございます！　やっぱり迷渕君って頼りになりますよね。探偵さんだからでしょうか？」

「ど、どうかな。お役に立てるといいんだけど」

笑顔の真理に、両手で右手を握られ、零人はかなりうろたえてしまった。

とても小さくて柔らかく、温かい手だ。真理の人柄を表しているような気がする。

「それではまた明日。これからよろしくお願いしますね、迷渕君」

「あっ、うん。こちらこそよろしく……」

笑顔で手を振り、真理は隣の家へと帰っていった。

彼女に握られた右手を数秒間見つめてから、零人は慌てて首を横に振り、自宅へ足を向けた。


そして、翌朝。

登校の準備を整えた零人が家を出てみると、門の前に森野真理が立っていた。

「おはようございます、迷渕君！」

「お、おはよう……」

笑顔で明るく挨拶をしてきた真理に、零人は戸惑いながら挨拶を返した。

やはり美人だ。おまけに性格もよさそうだし、プロポーションもいい。

こんな完璧な美少女が存在していてもいいのだろうか。しかも隣の家に住んでいて、クラスも同じなのだ。

ラブコメ漫画じゃあるまいし、と思い、零人は妙な気分になった。

「向かう先は同じなんですし、一緒に行きましょう」

「そ、そうだね。そうしようか」

真理が隣に並び、零人は緊張してしまった。

女子と一緒に登校するのは初めての経験だ。こんな恋愛漫画みたいな事が現実に起こっていいのだろうか。何者かが自分を騙《だま》そうとしているのではないかと怪しんでしまう。

零人が懸命に平静を装おうとしていると、不意に真理が話し掛けてきた。

「そうそう。これ、もう見ました？」

「？」

真理が取り出したのは新聞の朝刊だった。折りたたんだそれを広げ、零人に手渡してくる。

一面のトップを飾る記事を目にして、零人はヒクッと口元を引きつらせた。

『またもやお手柄！　ファンシー☆マリリン！　犯人を速攻逮捕！』

大きな活字で記された煽《あお》り文句《もんく》に、決めポーズを取ったマリリンのカラー写真が掲載されている。記事の隅っこに『高校生探偵もちょっぴり活躍』と書いてあり、零人はこめかみをピクピクさせた。

「ちょっぴりか……僕はオマケ扱いかよ……」

「ふふ、愉快な記事ですよね。あっ、迷渕君の事もちゃんとほめてあるみたいですよ」

「なになに……『彼は意外と使えるやつだよ！　助手にしてあげてもいいかな？』とマリリンは語る……すごい上から目線だな……」

　零人は過去に叩《たた》かれた事があって、マスコミがあまり好きではないのだが、マリリンは違うようだ。

　彼女は記者のインタビューに答えまくっているらしい。どこまで本当の事を語っているのか分かったものではないが。

「魔法の国からやって来た、魔法警察の捜査官で、年齢は……16歳？　嘘《うそ》だろ？　あの幼い外見で僕と同い年なのか？　信じられない……」

　マリリンはかなり小柄で、顔付きも幼く、声や口調も子供っぽかった。

　おそらく年齢は一二から一三歳、小六から中二ぐらいだろうと思っていたのだが、まさか同い年だったとは。

「さては年齢を詐称しているな？　ローティーンだと問題ありと判断したのか」

　やはりマリリンは芸能プロ所属のタレントで、テレビ番組の企画かなにかでああいうキャラをやらされているのではないのか。

ただ、彼女は実におかしなヤツではあるが、嘘をついているようには見えなかった。

ならば、彼女が本当に魔法の国からやって来た魔法警察の捜査官なのかと問われると、そんな馬鹿な、としか答えられない。

一体全体、何者なのだろうか。悩む零人であった。


真理と一緒に学校まで行き、二人そろって教室に入る。

零人が席に着くと、茶髪につり目の少女、小宮楓《こみやかえで》が声を掛けてきた。

「おはよ、迷渕《まよいぶち》」

「ああ、おはよう……」

普通に挨拶を返し、楓に目を向けた零人だったが、彼女の顔が強張《こわば》っているように見えて、首をかしげた。

楓は零人の席の斜め前の位置に立ち、腕組みをして零人を見下ろし、口元をヒクヒクさせていた。

「小宮？　どうかしたのか？」

「……見間違いだったらごめん。あんたがその子と一緒に教室に入ってきたような気がしてさ」

隣の席の真理をチラッと見て楓が呟《つぶや》き、零人はキョトンとして答えた。

「ああ、一緒に学校まで来たから」

「い、一緒に？　なんで？」

「なんでって、それは……」

そこでようやく、零人は理解した。

要するに楓は二人の仲を誤解したわけか。教室まで一緒に来たのはまずかったか。

「森野《もりの》さんとはたまたま一緒になっただけだよ。家が近くでさ」

「そ、そうなの？　なんだ……」

楓が表情を緩め、零人は安堵《あんど》した。

そこで真理《まり》が話に加わってくる。

「なにしろお隣に住んでいますので。近いなんてもんじゃないですよねー？」

「と、隣に住んでるの？　嘘でしょ」

「本当ですよ。ね、迷渕君」

「あ、ああ」

わざわざ教える必要はないと思うのだが……事実なのでうなずくしかない。

楓は信じられないといった顔をして、何かを探るような目で零人と真理を交互に見ていた。

「席が隣で、家も隣……転入前に会ってたみたいな感じだったし、なんか怪しいね……」

「いや、なにも怪しくないぞ。考えすぎだ」

変な誤解をされては困るので、零人《れいと》は否定しておいた。

すると真理が笑顔で言う。

「気にしないでください。すっごく仲良しなだけですから」

「そ、そう。すっごく仲良しなんだ……」

「出会いも衝撃的でしたし、運命を感じちゃいます。もしかすると迷渕君は私の運命の人なのかなー、なんて……」

「う、運命の人？」

「も、森野さん、もうそのぐらいで。冗談はやめよう！」

放っておくと妙な空気になりそうだったので、零人は慌てて止めに入った。

「な、なんだ、冗談なんだ？　あははは……」

「そ、それはそうだよ。ははは……」

楓と零人がぎこちない笑みを浮かべ、真理は不思議そうに首をかしげた。

「お二人はとても仲良しなのですね」

「あー、まあ……それなりに」

零人が答えると、楓はムッとした。

「あたしと迷渕は小学校の頃からの付き合いだから。すっごく仲がいいんだよねー？」

「お、おい、小宮？　なにを言ってるんだ？」

「なによ、事実でしょ。それともなに、あたしと仲がいいと思われたら困るわけ？」

「いや、そういうわけじゃないけど……」

楓にジロッとにらまれ、零人は冷や汗をかいた。

二人のやり取りを見ていた真理は、ニコッと微笑《ほほえ》んだ。

「仲がいいのはよい事ですよ。ねえ、迷渕君？」

「えっ？　ま、まあ、そうかな」

「ですが、知り合った女性と手当たり次第に仲良くなるのはどうかと思いますよ」

「ええっ？　い、いや、そんな事はしていないと思うけど……」

うろたえる零人を見て、楓が言う。

「そうそう、コイツ、ちょっとそういうとこあるよね。困ってる人を見過ごせないのは立派だけど、誰にでも親切にしちゃうのはなあ。勘違いしちゃう子も結構いるんじゃないの」

「か、勘違いって、なにをだ？　僕はなにかミスを犯しているのか？」

意味が分からず、零人はあせるばかりだった。

そんな彼の反応を見て、真理は苦笑し、楓はため息をついた。

「うふふ、迷渕君は愉快な人ですねー」

「悪いヤツじゃないっていうか、いいヤツではあるんだけどね。普段はちょっと抜けてるっていうか、天然なとこがあるっていうか……しっかりしろよ迷渕！って感じ？」

「SNSで僕の事を叩くやつと同じコメントはやめてくれ！　僕なりにがんばってるんだ！」

よく分からない非難を受け、零人は頭を抱えた。

真理がクスッと笑い、フォローを入れてくる。

「元気を出してください、迷渕君。ちょっぴり抜けていてもいいじゃないですか。冷たい人なんかよりずっと好感が持てます」

「森野さん……ありがとう」

「不特定多数の女性に優しさを振りまいて親しくなっちゃうのは感心しませんけど」

「森野さん!?　僕はそんな事してないよ！」

「うふふ」

楽しそうに笑う真理に、零人は赤面した。

からかわれているのだろうか。優しい笑みなどを向けられては怒る事もできず、リアクションに困ってしまう。

「うれしそうだね、迷渕。美人の転入生と急接近できてラッキー、とか考えてない？」

「か、考えてないよ！　おかしな言いがかりはやめてくれ」

「ならいいけどさ。冗談抜きで気を付けた方がいいと思うよ。あんたは誰にでも優しくしすぎ」

ため息をつきつつ、楓は去っていった。

特に身に覚えはないが、誤解されるような事をしてしまったのだろうか。零人は悩んだ。

腕組みをしてうんうんとうなる零人を、隣の席に座る真理は笑顔で眺めていた。

事件の知らせを受けたのは、その日の夕刻だった。

学校から帰宅したばかりのところへ速水《はやみ》刑事からのメールが届き、零人はすぐさま家を出た。

住宅街を抜け、最寄りのバス停へ向かおうとしていると、ピンク色の派手な車が走ってきて、零人の前で停《と》まった。流線型のラインで構成された、見た事もないデザインの車だ。外車だろうか。

運転席のウインドウが下りて、車の主が声を掛けてくる。

「事件でしょ？　早く乗って！」

それはピンクの魔法使い装束に身を包んだ金髪の少女、マリリンだった。零人は驚き、彼女に急《せ》かされて助手席に乗った。

マリリンがアクセルを踏み込み、車が猛然と走り出す。

笑顔でハンドルを握るマリリンを見つめ、零人は尋ねてみた。

「この車は？　君のなのか」

「そうだよ！　ご機嫌なマシンでしょ？」

「僕の見間違いかな。タイヤが付いていなかったような……」

「マホウカーにそんなのないよ！　魔法で浮いてるんだから」

「そ、そうなのか……」

マリリンによるとマホウカーは魔法の国で普及している乗り物で、魔力エンジンを搭載し、超低空を滑るようにして走行というか飛行するらしい。

もはやどこにツッコんでいいのか分からず、零人は悩んだ。スルーするべきだろうか。しかし、あまり自由にさせていてもまずい気がする。

「その……運転免許はあるのか？」

「当然でしょ。無免許運転は犯罪だよ！」

「そ、そうか。ならいいんだが……」

マリリンの年齢で免許が取れるのか、この世界の免許がないと公道を走れないんじゃないかとか、色々と疑問に思う事はあったが、魔法警察に言うだけ無駄かと思い、黙っておいた。

「なぜ、事件の事を知ってるんだ？」

「警察無線を傍受してるからだよ！　魔法警察に抜かりはないのさ！」

「それって犯罪だぞ」

「正義を守るためだよ！　だから罪には問われないの！」

「問われると思うけどなあ」

マリリンの運転が上手《うま》いのか、マホウカーとやらの性能がいいのか、乗り心地は快適で、危なげなく他の車をどんどん追い抜いていく。

まるでベテランドライバーのようなハンドルさばきでマホウカーを自在に操るマリリンを、零人は感心して見ていた。


やがてマホウカーは事件現場にたどり着いた。そこは高級住宅街の一角に建つ高層マンションだった。周囲には数台のパトカーが詰めかけていて、物々しい雰囲気だ。

マホウカーを適当な場所に停め、マリリンは車から降りた。零人も慌てて後に続く。

零人が警官に挨拶をして通してもらい、二人はマンションに足を踏み入れた。エレベーターに乗り込み、上の階を目指す。

最上階でエレベーターが止まり、二人は現場へと急いだ。

事件現場である部屋に入ってみると、広々としたリビングに捜査班が詰めていて、現場検証を行っていた。中林《なかばやし》警部が零人の姿に気付き、眉根を寄せる。

「また来たのか、迷渕《まよいぶち》君。いい加減に……」

「待ってたわ、迷渕君！　さあ、捜査を始めましょうか！」

　警部を押し退《の》け、速水刑事が笑顔で駆け寄ってくる。普段はムスッとしていて愛想の
　欠片《かけら》もない彼女の豹変《ひょうへん》振りに、同僚の刑事達《たち》は顔を引きつらせた。

　リビングの中央にガラステーブルが置かれ、テーブルを挟む形で横長のソファが二つある。

　ソファの一つに若い男が座っていて、背もたれに寄りかかり、動かなくなっていた。

「これは……毒殺か？」

　テーブルの上には複数のグラスが並び、ペットボトル入りのジュースが置いてあった。パーティーでもやっていたのか、かなり散らかっている。

　零人が状況を確認していると、マリリンが動かない男をステッキでツンツンとつき、顔色を変えた。

「ひいっ、し、死んでるぅ！　この人、死んじゃってるよぉおおおおお！」

　悲鳴に近い声を上げたマリリンに、零人は耳をふさぎながら呟《つぶや》いた。

「静かに。殺人事件の被害者なんだから死んでるのは当然だろ」

「聞いてないよ！　なんでこんな毎日のように人が殺されるの!?　この世界は変だよ！」

　察するに、魔法の国では殺人事件など滅多に起きないのだろう。だとするとマリリンが

驚くのも無理はないのかもしれない。……魔法の国の存在など零人は信じていないが。

「ふう、びっくりしたら喉渇いちゃった。ちょっとジュースもらうね」

マリリンがテーブルの上にあるペットボトルを手に取り、キャップを開けて直接口を付ける。

零人は目を丸くして驚き、叫んだ。

「ば、馬鹿、飲むな！　毒入りかもしれないのに！」

マリリンが口に含んだジュースをブーッと噴き出し、ケホケホと咳《せ》き込む。

「早く言ってよ！　いい感じに飲んじゃったよ！」

「アホか！　早く吐き出すんだ！」

零人はあせり、マリリンの背中をバシバシと叩《たた》いて吐き出させようとした。

すると速水刑事が落ち着いた口調で呟いた。

「残念ながらペットボトルに毒物の反応はないわ。安心して」

「なんだ、びっくりした！……今、残念って言った？」

「言ってないわ。気のせいでしょう」

速水の言動が少し気になるが、ともかくペットボトルに毒は入っていないらしい。零人とマリリンはほっと胸をなで下ろした。

マリリンはペットボトルのキャップを閉め直して元あった場所に戻し、何もなかった事にしたつもりらしかった。

それは無理があるだろと心の中でツッコミつつ、零人《れいと》は気を取り直し、テーブルの上に並ぶグラスをにらんだ。

「では、毒物はグラスの方に？」

「ええ。被害者が口を付けたと思われるグラスから毒物が検出されたわ」

被害者の正面の位置にあるグラスにジュースらしき液体が残っている。他にも五つグラスがあり、形状は全て同じに見える。

「ここに集まった人間でジュースを飲んでいて、被害者のグラスにのみ毒物が入っていたわけか。一緒にいた人間が怪しいが……」

「ええ。それがちょっと困った事になっていて……」

「困った事？」

速水刑事が合図すると、別室で話を聞いていたという事件の関係者がゾロゾロと集まってきた。その顔ぶれを見て、零人はギョッとした。

皆、被害者と同じぐらいの年代の若い男だ。しかも同じデザインの服を着ていて、体格も同じ。

さらに言うと、全員が同じ顔をしていた。

「全員、被害者と同じ顔をしている……？」

「そうなの。被害者も含めて、六つ子らしいわ」

速水刑事がため息をつく。零人は五人を観察してみたが、まるで見分けが付かなかった。

六つ子殺人事件……そういう事なのだろうか。


「うわ、死んでる人と同じ顔の人がこんなに！　これじゃ誰が死んだのか分かんないよ！」

マリリンが叫び、目をまん丸にして五人を見つめる。

すると五人のうちの一人がポツリと呟いた。

「死んだのは三郎《さぶろう》だよ」

「三郎？　間違いないの？」

「そのぐらい分かるさ。三郎以外は生きてるしな」

「三郎以外は生きてるから死んだのは三郎……なるほど、分かりやすいね！」

マリリンは納得した様子だったが、死んでいる男と生きている五人を見比べ、首をひねった。

「じゃあ、この中に三郎はいないんだね。よく見たら死んでるのは三郎じゃなかったって事はないの？」

「ないよ。他人には同じに見えても兄弟の見分けぐらい付く」

そういうものなのか。身内にしか分からない判別方法があるというのはありえる話だ。

「じゃあ、誰が三郎を殺したの？」

マリリンが尋ねると、五人は顔色を変え、一斉に「俺じゃない！」と叫んだ。

六つ子は一郎《いちろう》から六郎《ろくろう》までいて、死亡したのは三男の三郎らしい。

ちなみにこの部屋は三郎のもので、兄弟は彼に招待されて集まったという。

「被害者は一年前にベンチャー企業を設立して成功し、大儲《おおもう》けしたらしいわ。典型的な成金野郎ね」

「なるほど、よくある話ですね。それでこんな高級マンションの最上階に部屋を……」

速水の説明を聞き、零人はうなずいた。

「では、他の五人は？」

「全員、無職よ。一山当ててやるために充電中ですって。充電中のまま人生を終えてしまいそうな連中ね」

「は、速水さん、それは言いすぎでは……少なくとも一人は成功しているわけですし」

零人が呟くと、五人は一斉に顔をしかめ、舌打ちした。一人だけ成功したのを他の兄弟達は快く思っていないらしい。分かりやすい反応だ。

速水がこれまでの調べで分かった事を説明する。

「被害者である三郎氏の呼びかけで五人は集まった。皆でテーブルを囲み、飲めや歌えのどんちゃん騒ぎをしていたところ、ジュースを飲んだ三郎氏が突然苦しみ出して死亡した

「……そういう事らしいわ」

「なるほど。ペットボトルに毒物の反応はなく、三郎氏のグラスにのみ毒物が仕込まれていたと。誰かがグラスに毒を入れたわけですか」

三郎の成功を妬んだ、兄弟の誰かの犯行というわけか。よくある話だ。

するとと兄弟五人はにらみ合い、何やら揉《も》め始めた。

「一郎がやったに決まってるぜ！」

「いいや、二郎《じろう》だ！　もしくは俺以外の誰か！」

彼らはそれぞれ、自分ではない誰かが犯人だと主張していた。被害者も含めて全員同じ顔なので非常にまぎらわしい。

そこでマリリンが、明るい声を発した。

「面倒だし、犯人を当てちゃおうよ！　それで解決だね！」

「いや、待て。その前に……」

零人が止めようとしたが、マリリンは無視してステッキを振り回した。

「いくよ！　チャート・リバァァァース！」

ステッキのクリスタルジュエルがピカピカと光り、虹色の光をあたりにばらまく。

光が集束していき、五人のうちの一人にのみ集中する。

「犯人は、この人だよ！」

ステッキを突き付け、マリリンが叫ぶ。

皆の視線がその人物に集中しようとしたところ、そいつはすばやく動き、左隣に立つ人物の背後に移動して押しやり、立ち位置を入れ替えた。

入れ替えられた人物が顔色を変え、右隣に立つ人物と入れ替わる。さらに五人全員が入れ替えを始め、誰が誰だか分からなくなった。

「あ、あれれ？　こら、動いちゃだめ！　ジッとしててよ！」

「冗談じゃねえ！　俺は犯人じゃない！」

「俺も違う！　犯人はお前だろ！」

「俺だって違うし！　そう言うお前が犯人だろ！」

揉めている五人を眺め、マリリンはオロオロしていた。

零人は黙って見ていたが、やがてため息をつき、呟いた。

「こうなるんじゃないかと思ったんだ。見分けが付かない状態で犯人を特定するのは無理があるだろ」

「先に言ってよ！　魔法が無駄になっちゃったじゃないの！」

「止める前にやったんじゃないか。僕のせいにしないでくれ」

マリリンが不満そうに頬をふくらませる。そこで零人は五人に告げた。

「すみませんが、一人一人に番号を付けてもらえますか？　皆さんも犯人と間違われるのは嫌でしょうし」

五人が顔を見合わせ、うなずく。名前に対応した番号札が用意され、五人はそれを胸に付け、零人達にも区別が付くようになった。

再び魔法を使おうとしたマリリンに、零人が告げる。

「特定する瞬間にまた入れ替わろうとするかもしれない。それは少し待って」

「えー？　それじゃ犯人が分かんないよ」

「今からそれを確かめよう。少なくとも五人の中に犯人がいるのは間違いなさそうだし」

やや緊張した面持ちでたたずむ五人を見やり、零人はうなった。

本当にそっくりな外見をしている。服ぐらい違う物にすればいいのに、実にまぎらわしい。

「いくつか質問させてください。まず、ペットボトルを用意したのは誰ですか？」

「三郎だよ。冷蔵庫から出してきた」

「では、グラスは？」

「それも三郎だよ。あいつが持ってきて、みんなで適当にグラスを取った」

「なるほど。三郎さんのグラスは彼が自分で取ったのですか？」

「確か、そうだったよ。みんながグラスを取って、残った一つを三郎が取ったんだ」

そうすると、誰かが毒を入れてから三郎にグラスを渡したわけではないのか。皆にグラスが行き渡ってから毒を入れたという事だろうか。

「ふむふむ。だったら、三郎の近くに座ってた人が怪しいね！」

マリリンが叫び、五人が顔を見合わせる。

そこで零人は尋ねてみた。

「どういう席順で座っていたんですか？　ちょっと再現してみてください」

五人がうなずき、移動する。ガラステーブルを挟む形で二つのソファに三人ずつ座っていて、三郎は一方の真ん中に座っていたらしい。

三郎の両サイドには一郎と二郎が座り、残りはもう一方のソファに座った。

マリリンが一郎と二郎をにらむ。

「この二人のどちらかが怪しいよ！　三郎の隙を突いてグラスに毒を入れたんだ！」

「お、俺じゃないぞ！」

「俺だって違う！」

二人とも否定している。六人の座った位置を見やり、零人はうなった。

「隣の二人が一番近いが、向かいの三人だってそんなに離れているわけじゃない。ちょっと手を伸ばせば届く距離だな」

「そうね。五人全員に犯行は可能だったわけか……」

零人の意見に速水《はやみ》がうなずく。

するとそこで、二郎がハッとして声を上げた。

「あっ、思い出したぞ！　そう言えば、俺がトイレに行って戻ってきたら、俺の席に四郎《しろう》が座ってたんだ！」

「四郎さんが？　本当ですか」

「あ、ああ。三郎と話したいと思って……でも、俺は毒なんて入れてないぞ」

そこで一郎が呟《つぶや》く。

「俺がトイレに行った時も、戻ってきたら五郎《ごろう》が俺の席に座ってたな」

「五郎さんが？　間違いないですか」

「あ、ああ。俺も三郎と話したくて。もちろん、毒なんて入れてないぞ」

聞けば、五人は頻繁に席を移動していたらしい。被害者の三郎も何度か席を立ったという。

「なんでそんなに動き回るの？　犯人が誰なのか分かりにくくしてるとしか思えないよ！」

「いや、そう言われても……誰かが毒を盛ろうとしてるなんて思いもしなかったし」

マリリンが叫び、五人が困った顔をする。

犯人以外は普通に宴会気分だったという事なのか。テーブルの上の散らかり具合からも、それがうかがえる。

ペットボトルは二つあり、一つは空だった。二つ目を飲んでいる途中で被害者は苦しみ出したらしい。

「グラスはずっと同じ物を？」

「そうだと思うけど。席を入れ替えたりしてたから途中からは分かんないな……」

誰がどのグラスを使ったのかは指紋を採取すれば分かると思うが、犯人は毒を入れる際に指紋を拭き取っているかもしれない。

毒を入れるような動作をしていた者に誰かが気付いていてくれればよかったのだが、誰も気付かなかったようだ。

「ねえねえ、零人《れいと》。そろそろ犯人を当てちゃおうよ！」

マリリンが零人に身を寄せ、こっそりと囁《ささや》いてくる。

いきなり下の名前で呼び捨てなのか、と思いつつ、零人は小さく首を横に振った。

「まだだ。もう少し待ってくれ」

「相変わらず慎重だね。でもさ、証拠なんか出てくるのかな？」

「必ず出てくるはずだ。今の状況では難しそうだが……」

犯人を当てるだけなら簡単だ。五人を離れた場所に立たせるか、動けないように拘束してから魔法を使えばいい。だが、マリリンの魔法では犯行を証明できないので、零人は魔法の使用を止めたのだった。

……零人は魔法など信じていないので、あくまでも仮定の話だが。

全員に犯行が可能で、動機もある。五人とも自分以外が犯人だと主張しているが、特に怪しい人物は見当たらない。

実を言うと、零人はずっと五人のうちの一人に注目しているのだが、あえて黙っていた。何も気付いていないフリをして五人の反応を見ていたのだ。それによって、ある可能性が出てきた。


そこで零人はため息をつき、首を横に振りながら、呟いた。

「もうお手上げだな。この事件、迷宮入りかもしれない……」

零人の言葉を聞き、速水を始めとする捜査陣がハッとした表情を浮かべる。

容疑者の五人は顔を見合わせ、マリリンが険しい顔をして叫ぶ。

「何言ってるの！　あきらめちゃだめ！　どんなに困難でも犯人を地獄の底まで追い掛けるのが刑事魂ってものだよ！」

「いや、僕は刑事じゃないし。ここまで手掛かりなしじゃね……」

「見損なったよ、零人！　所詮は素人だね！」

本気で怒っているマリリンに速水刑事が何か言おうとしたが、零人が目で合図すると何も言わずに押し黙った。

「いいよもう！　私が魔法で犯人を捕まえちゃうから！」

マリリンがステッキを振りかぶり、容疑者の五人がうろたえる。

そこで零人はマリリンに尋ねた。

「君の魔法は絶対に正確なのか？　そっくりの五人を間違える可能性はないのか？」

「外見は関係ないよ！　犯人を当てる魔法だから！」

「その場合、犯人というのは実行犯か？」

「そうだよ！　なんでそんな事を訊《き》くの？」

首をかしげたマリリンに、零人は淡々と呟いた。

「いや、共犯がいたらどうなるんだろうと思ってね。計画を立てた主犯と実行犯、どっちを優先するのか気になったんだ」

「それは実際に手を下した実行犯になると思うよ！」

「迷渕《まよいぶち》君、それって……」

ハッとした速水に、零人はうなずいた。

「ええ。仮に、彼女の魔法が本物だとして、実行犯以外の共犯も特定できるのかどうか、それをはっきりさせておきたかったんです」

「えっ？　どういう事なの？」

マリリンが不思議そうに首をかしげ、零人は彼女に説明した。

「君の魔法で捕まえられるのは実行犯だけ。共犯までは捕まえられないって事さ」

「それはまあ、そうだけど。実行犯を締め上げれば吐くんじゃないの？」

「いや、いくら追及されても罪を認めないだろう。そういう段取りになっているはずさ」

「段取り？」

「たとえ誰かが捕まっても決して罪を認めず、他の者も決定的な証言はせずに、自分自身が無実である事だけを訴え続ける。これでは誰が犯人なのかを特定する事はできない……という筋書きさ」

「ふーん……えっ、じゃあ、もしかして……みんなグルなの？」

マリリンが驚き、五人に目を向ける。

彼らはオロオロとうろたえ、慌てて否定した。

「そんなの言いがかりだ！　俺はやってないし共犯でもないぞ！」

「俺だって！　誰が兄弟を殺したヤツなんか庇《かば》うもんか！」

声を荒らげて抗議する五人を見やり、零人はすまし顔で呟いた。

「単独犯だというのなら、捕まるのはあなただけという事になりますよ、六郎《ろくろう》さん」

「お、俺？　なんで俺が……」

六番の札を付けた男、六郎が顔色を変える。

零人はあくまでも冷静に、落ち着いた口調で告げた。

「マリリンが魔法で犯人を当てようとした時、光を浴びたのがあなただったからです。他の四人と立ち位置を入れ替えて分からないようにしたつもりなんでしょうが、僕はずっと光を浴びた人物から目を離さなかった。番号札を付けるまでね」

六郎はあせり、零人をにらんだ。

「だ、だったらなぜ今まで黙ってたんだ？　さてはハッタリだろ！」

「いえ、ハッタリではありません。黙っていたのは、他の四人の反応を見るためです」

「よ、四人の？　どういう事だよ」

零人は五人全員を見回し、淡々と呟いた。

「あなた方は兄弟の見分けが付くんですよね。なのに誰も、最初に光を浴びてそれを誤魔化そうとしたのが誰なのか言わなかった。他人の僕ですら注意して見ていれば光を浴びたのが誰なのか分かったのに、あなた方が分からないのはおかしい。誰なのか分かっているのに黙っていたんでしょう？」

零人の指摘に、五人がうなる。そこでマリリンが笑顔で言う。

「なるほど！　みんなグルだから黙ってたんだ！　零人は最初から分かってたの？」

「いや。入れ替わって誤魔化した時はもしかして、と思った程度だった。その後の話を聞いて、間違いないと確信したんだ」

「宴会の話が？　なにか変だったっけ」

「君が言ったんじゃないか。犯人が誰なのか分かりにくくしてる、って。まさにその通りだよ。彼らはわざわざ誰にでも犯行が可能のように言っていた」

「おー、そう言えばそうだね！」

「なのに、六郎さんについてだけは怪しまれるような事を言わなかった。無意識の内に実行犯の彼を疑われないようにしたんだろうが、そこに不自然さが出てしまったな」

五人は青ざめ、うろたえまくっていた。

だが、まだ観念するつもりはないらしい。六郎が零人をにらみ、反論する。

「そんなの全部推測じゃないか！　俺が毒を入れた証拠も、みんなが共犯だっていう証拠もないだろうが！」

「なら、どうしてマリリンの魔法を受けた時に入れ替わるような真似《まね》をしたんですか？犯人じゃないのならそんな必要はないですよね？」

「そ、それはほら、犯人じゃないのに犯人扱いされたらたまんないから……」

「いや、あなたじゃない。他の四人に言ってるんですよ。共犯じゃないのなら六郎さんを庇う必要はないですよね？」

「!?　い、いや、それは……」

四人が目を泳がせ、言葉に詰まる。上手《うま》い言い訳を思い付かずにあせっているようだ。

そこでずーっと黙っていた中林《なかばやし》警部が、オホンと咳払《せきばら》いをして、呟いた。

「どうやらここまでのようですな。詳しい事は署で聞かせてもらいましょうか」

「……！」

　連行されると知り、五人の顔色が変わる。

　そこで何を思ったのか、六郎がまだジュースが残っているペットボトルをつかみ、立ち上がった。

「迷渕ぃっ！　てめえさえいなけりゃ上手く行ってたんだ！　死ねえ！」

　ペットボトルを振りかぶり、六郎が襲い掛かってくる。

　突然の事に反応が遅れ、零人は避《よ》ける事ができず、両腕で頭部をガードした。

　刹那、ドゴォーン！　という轟音《ごうおん》が室内に鳴り響く。

「なっ……！」

　頭上に振り上げたペットボトルが粉微塵《こなみじん》に吹き飛び、中に入っていたジュースが飛び散り、六郎はジュースまみれになって動きを止めた。

　発砲したのはマリリンだった。ローブの袖から金色に輝く回転式拳銃《リボルバー》をのぞかせ、六郎に狙いを付けている。

「動くな！　次はその空っぽの頭を吹き飛ばすよ！」

「ひいっ……！」

「両手を頭の後ろに組め！　そっちのお前も、お前もだ！　妙な動きをしたら即座に撃つ！」

マリリンは六郎以外の四人も立たせ、銃を突き付けて彼らから抵抗の意思を奪った。まるでテロリスト対策要員のような手際のよさと容赦のなさだ。手錠を掛けるようにマリリンから言われ、刑事達《たち》は彼女の指示に慌てて従い、五人を拘束した。ローブの袖に銃を仕舞い、マリリンが零人《れいと》に声を掛けてくる。

「危なかったね！　間一髪だったよ！」

「あ、ああ、ありがとう。しかし、君は……銃なんか持ってたのか……」

「魔法警察の捜査官だからね！　普段は威嚇にしか使わないけど、引き金を引くのにためらいはないよ！　ちなみに今撃ったのは魔法力を凝縮して塊にした魔法弾で、実弾じゃないから銃刀法違反にはならないんだよ！」

「そ、そうなのか？」

鉛玉を発射したわけではないので、セーフという事らしい。魔法弾というのはよく分からないが、エアガンの強力なヤツみたいな物なのだろうか。

ペットボトルで殴られても大して痛くはなかったはずだが、そこはツッコまないでおく。

手錠を掛けられ、連行されていく五人に、零人は呟《つぶや》いた。

「これは蛇足になるかもしれませんが……殺されたのは、たぶん、三郎《さぶろう》さんじゃありませんよ」

「ずっと観察していましたが、あなた方は本当にそっくりで、外見上はまったく見分けが付かない。兄弟なら見分けが付くというのは、おそらく細かい動きや癖を覚えているからでしょう」

「だ、だったら、なんだよ?」

「兄弟の真似をしようと思えばできるんじゃないかという事ですよ。三郎さんも何度か席を立ったと言っていましたね。それが事実だと仮定して、他の誰かが席を立つのに合わせて……たとえば自分の隣に座っていた人物がトイレに行く際に三郎さんも席を外し、トイレの手前で引き返して先に戻り、隣の席に座ったとしたら? 後から戻ってきた人物は仕方なく空いている三郎さんの席に座るのではないでしょうか」

「さ、三郎がなんでそんな真似を……」

「あなた方の様子がおかしい事に気付いたからでしょう。危険を感じた三郎さんは誰かと入れ替わり、その人物になりすました。ついでに自分が使っていたグラスもその誰かが使うように仕向けた。はたして予想は当たり、自分の身代わりになって兄弟の一人は死んでしまった。そこで三郎さんは入れ替わった誰かのフリをしてあなた方の目を誤魔化した……そんなところですかね」

「ば、馬鹿言え。そんなはずは……」

「ああ、すみません、今のは何の根拠もない憶測です。ただ、もしも殺されるはずだった三郎さんが生きていて、あなた方の中に紛れ込んでいるとしたら……取り調べの際に一人きりになれば、兄弟を庇うような真似はしないでしょうね。洗いざらい証言してくれるんじゃないでしょうか。あなた方の計画について」

「……」

五人は黙り込み、連行されていった。

ため息をつく零人に、マリリンが尋ねる。

「今のは本当？　三郎は生きてるの？」

「ただの憶測だよ。ああ言っておけば、観念して罪を告白する者も出てくるんじゃないかと思ってね」

「そうなんだ。抜け目ないねー」

マリリンが感心したように呟き、零人は苦笑した。

憶測ではあるが、案外ありえる話ではないかと思う。なにしろ三郎は兄弟で唯一の成功者なのだ。他の五人を出し抜くぐらい朝飯前なのではないだろうか。

そこでマリリンが尋ねてくる。

「じゃあさ、さっきの『迷宮入りかもしれない』っていうのは？」

「ああ、あれは……うちの家系の人間がよく使う口癖なんだ」

「口癖？」

「そう。特に意味もなく言う者や、難しい問題にぶつかったら言う者もいるんだけど、僕の場合はサインなんだ」

「サイン？　なんの？」

「これから犯人を追い込む、っていう合図さ。捜査一課の人達は知ってるから、ああ言えば伝わるんだよ。知らない人間は言葉そのままに捉えて、油断するわけさ」

「先に言っといてよ！　零人があきらめたのかと思ってびっくりしたよ！」

「はは、ごめんごめん」

ちょっとだけ怒ってみせてから、マリリンはニコッと微笑《ほほえ》んだ。

「でも、やるじゃないの、零人！　明日の朝刊の見出しは決まりだね！」

「大した事ないさ。僕はやれる事をやっただけで……」

「『お手柄、ファンシー☆マリリンの助手！　マリリンの右腕として事件を解決！』なんてどうかな？」

「君がメインのままじゃないか！　それに僕は助手になった覚えはない！」

「照れなくていいのに。これからもその調子で頼むよ！」

部下に対する上司のような口ぶりのマリリンに、零人は口元をヒクヒクさせた。

……事件解決後、マンションを出てみると、表の通りにミニパトカーと女性警察官が来ていて、マリリンのマホウカーがレッカー車に繋《つな》がれていた。

愛車がレッカー移動されそうになっているのを見て、マリリンは顔色を変えた。

「こ、こら、なにするの！　それは魔法警察の車両だよ！　持っていっちゃだめ！」

「タイヤが付いていないし、放置車両かと……なんですかこの車、違法改造車ですか？」

「魔法の国のマホウカーだよ！　どこにも違法なとこなんてないよ！」

「はいはい。詳しい話は署で聞きますので……」

「なんでマリリンが連行されるの!?　逮捕するぞこんちくしょう！」

交通課の女性警察官相手に揉《も》めているマリリンを見やり、零人はため息をつくばかりだった。

第3章Ⓐ 魔法なんて信じない・前編 校内窃盗事件

「おはようございます、迷渕《まよいぶち》君」

「お、おはよう、森野《もりの》さん」

朝、迷渕零人が家を出たところ、丁度、隣の家から出てきた森野真理《まり》と鉢合わせした。柔らかく微笑み、落ち着いた口調で声を掛けてきた真理に、零人はドキッとしてしまった。

真理は隣に住んでいるのだし、同じ学校に通っているのだから、登校時に家を出るタイミングが重なってしまっても不思議ではない。

それでもやはり、真理のような美少女と朝一で遭遇するというのはうれしいサプライズだった。この偶然に感謝したい。

「そうそう。これ、見ました？」

「？」

真理が通学用バッグから取り出したのは、折りたたんだ新聞らしきものだった。

差し出されたそれを受け取って広げ、一面に掲載された記事を見るなり、零人は顔をひきつらせた。

そこにあったのは、ピンクの派手なローブをまとった、金髪のコスプレ少女……魔法警察の捜査官を名乗る、マリリンの姿だった。

『またもやお手柄、魔法警察ファンシー☆マリリン！』という見出し文と、ステッキを構えて決めポーズを取ったマリリンの写真がでかでかと掲載された紙面を見つめ、零人はこめかみをピクピクさせた。

「また新聞の一面トップ記事か……もはやすっかり人気者だな……」

「すごいですよね。記事の隅っこに『高校生探偵もちょっぴり活躍』とありますが、迷渕君も事件解決に関わっているのですか？」

「一応ね。魔法警察の捜査官さんとやらが適当な捜査をするので、仕方なくフォローしてあげてるんだよ」

というか、前回の事件は、ほとんど零人が解決したようなものだと思う。

なのになぜ、マリリンがメインで取り上げられているのやら。忖度《そんたく》というやつだろうか。

「それにしてもすごいですよね。警察が解決できない事件を魔法で解決しちゃうわけでしょう？　素敵ですね！」

「……どうかな。魔法なんてものが本当にあるんだろうか？」

「あれ、迷渕君はマリリンの魔法を疑っているんですか？」

「まあね。彼女はたぶん、凄腕《すごうで》の手品師なんだと思う。おかしなトリックを使ってみせて、それを魔法だと言い張っているに違いないよ」

「でも、実際に犯人を当てたりしているわけですよね？」

「そこが問題なんだよな。ああ見えて実はすさまじい推理力の持ち主なのかもしれない。しかし、それなら普通に推理すればいいのになぜ魔法なんかを……」

「やっぱり魔法を使えるんじゃないですか？」

「うーん……そう簡単には信じられないな……」

難しい顔をしてうなる零人を見つめ、真理はクスッと笑った。

「真面目なんですね、迷渕君は」

「えっ？　そ、そうかな」

「真面目なのはとてもいい事だと思いますが、ちょっぴり頭が堅い感じもしますね。もっと柔らかくしてはどうでしょう？」

「頭を柔らかく……柔軟な思考を心がけろって事かな？」

「そうです。少しぐらいは魔法の存在を信じてみてもいいんじゃないですか？」

「……」

真理の意見も分からないではないが、やはり零人としては魔法なんかを信じる気にはなれなかった。

そういうのはゲームやアニメの世界だけでいい。現実世界で魔法などありえないだろう。

「魔法で事件を解決できるんなら誰も苦労はしないよ。警察も探偵もいらないだろう」

「それはどうでしょう？　魔法が存在する世界でも、犯罪がなくなるわけではないんじゃないでしょうか。魔法を使った犯罪なんかも出てくるでしょうし」

「そうなると、ますます魔法が使えない警察や探偵はいらなくなるな。魔法を封じる方法を考えないといけなくなるかも」

「おや、それって魔法の存在を肯定しているわけですか？」

「仮に存在していたら、という話だよ。机上の空論にすぎない」

「……本当に真面目ですねー」

「ほめ言葉として受け取っておくよ」

クスッと笑う真理に、零人《れいと》は赤面した。


学校に到着後、教室に入ると、茶髪につり目の少女、小宮楓《こみやかえで》が零人に声を掛けてきた。

「おはよ、迷渕。また森野さんと一緒に登校してきたんだ？」

「あ、ああ、おはよう。いや、またって言うか、たまたま一緒に……」

楓から疑いの眼差《まなざ》しを向けられてしまい、零人は冷や汗をかいた。

真理がニコッと笑い、楓に声を掛ける。

「おはようございます、小宮さん！　今日もワイルドですね！」

「お、おはよ。ワイルド？　そうかな……」

「顔はマズイよボディーにしなボディーに、とか言いそうですよね！」

「言わないよ！　あたしは昭和のヤンキーじゃないし！」

「うふふふ」

ニコニコ笑顔で自分の席へと向かう真理を見送り、楓はため息をついた。

「どうもあの子、苦手だな。ゆるふわというか、捉えどころがないっていうか……」

「そうなのか？　森野さんは悪い人じゃないと思うけど」

零人がフォローを入れると、楓は半眼で彼をにらんだ。

「そりゃ、男はああいう子が好きなんだろうけど……」

「ああいう子というと？」

「ああいう子だよ。男ってのは美人で優しくて大人しくておっぱいが大きい女が大好きなんだろ？」

「い、いや、それは偏見なんじゃ……確かに嫌われる要素はなさそうだが……」

ちょっとだけ身に覚えがあり、零人は冷や汗をかいた。

楓が呆《あき》れたように呟《つぶや》く。

「これだもの。迷渕も所詮はただの男って事か。あー、いやらしい」

「な、なぜ僕がいやらしいという結論になるんだ？　おかしな決め付けはやめてくれ」

「違うっていうの？　じゃあさ、森野さんが腕にしがみついてきて、上目遣いで見つめながら『お金を貸してください』って言ってきても断れるの？」

「それは……金額次第かな」

「そこはスパッと『断る』って言うべきでしょうが！　そういうところがあんたはダメなのよ！」

「ええっ……？」

零人としては真面目に考えて答えたつもりだったのだが、どうやら不正解だったらしい。

楓に駄目認定され、零人は落ち込んでしまった。

「僕はダメなのか……なにが正解なのか、サッパリ分からないな……」

「事件以外の事も勉強しなよ、名探偵さん」

「そ、そうだな……」

暗い顔で俯《うつむ》く零人に楓は苦笑し、そこで話題を変えてきた。

「それはそうと、噂《うわさ》は聞いてる？」

「噂？　なんの？」

「おや、知らないみたいね。ここ最近、ちょっとした事件が起こってるのよ。この学校でね」

「学校で事件だって……！」

零人はハッとして、楓に尋ねた。

「殺人事件か？　被害者は教師と生徒のどちらだ？　あるいは両方か？」

「落ち着きなさいって。殺人事件だったら噂程度で収まるわけないでしょ。警察が来て大騒ぎになってるって」

「殺人から離れなさいって。じゃあ、まだ遺体は出ていない……行方不明事件か？」

「それもそうか。じゃあ、まだ遺体は出ていない……行方不明事件か？」

小さな事件というと、殺しではなく傷害だろうか。

難しい顔をしてうなる零人に、楓は告げた。

「実はね、体育の時間、教室に置いてあった財布からお金が抜き取られるっていう事件が何度かあって……」

「窃盗事件か。それも一度ではなく何度も？」

「みたいよ。騒ぎにしたくないのか、先生達《たち》からは黙ってるように言われてるみたいだけど、そういうのって隠しきれるものじゃないよねー」

楓は他のクラスの友人から話を聞いたらしい。

零人は初耳だったので、驚いてしまった。まさか、自分が通う高校でそんな事件が起こっているとは思わなかった。

確かに小さな事件かもしれないが、その手の犯行を繰り返すうちに、より大きな犯罪に手を染めていくというのはよくある話だ。一刻も早く犯行を止めるべきだろう。

「もう少し詳しく、事件の経緯が分かると対策も立てられるんだが……小宮が知っている範囲でいいから教えてくれないか？」

「うん、いいよ」

楓はうなずき、友人から聞いたという窃盗事件のあらましについて語ってくれた。

最初の事件が起こったのは、二週間ほど前。体育の授業中で無人だった三年生の教室にて、とある生徒の財布から、現金が抜かれていたらしい。

それから数日後、今度は一年生の教室で、やはり体育の授業中で生徒が誰もいない時を狙い、教室に置かれていた財布から現金が抜かれていたという。

体育の授業中、生徒のいない教室は施錠される事になっている。教室の鍵は、その日の日直や体育委員が管理する場合が多い。

すなわち犯人は、施錠された無人の教室に忍び込み、置いてあった財布から現金を抜き取ったという事になる。

外部からの侵入者による犯行とは考えにくい。やはり怪しいのは、学校の関係者だろう。

「いずれの犯行も体育の時間を狙ったのか。学校の関係者なら、どのクラスがどの時間に体育の授業を受けるのか、把握するのは容易だろうな」

「やっぱ、そうだよね。そうすると、生徒の誰かか、もしかすると先生の誰かだったり……どちらにしても、外部に漏れたら大騒ぎになりそうだよね」

現在のような情報化社会で、事件を完全に隠ぺいするのは不可能だろう。

SNSなどを使って、考えなしにウケ狙いで事件の事を広めようとする者がいても不思議ではない。

「やれやれ。無駄な騒ぎは勘弁してほしいな。マスコミが嗅ぎ付けてきたりしたら面倒な事になるぞ」

「だよね。そうなる前に、犯人が捕まるといいんだけど……」

楓が真正面から見つめてきて、零人は思わず後ずさりをした。

おそらく楓は零人が事件を解決する事を期待しているのだろう。

零人としても、大騒ぎになる前に事件を解決したいとは思うが……いかんせん情報が少なすぎる。

犯行の具体的な手口を、もう少し詳しく知っておきたい。それによって対応が違ってくる。

「ひとまず様子を見るか。今日、うちのクラスは三、四時限目が体育の授業だったな。狙われるかもしれないぞ」

「実はあたしもそう思ってた！　一年と三年が被害にあったんだから、次は二年が狙われてもおかしくないよね。どうする、教室に隠れて張り込む？」

「いや、狙われる可能性がある、というだけでそこまでするのは……授業をサボるわけにもいかないし」

普段の零人はあくまでも普通の高校生である。事件の捜査を理由に授業を休むわけにはいかない。

「教室の施錠を徹底するように、みんなに呼び掛けておこう。女子の方は頼めるか？」

「任せて。それとなく注意しとくよ」

「頼む」

なんだか妙な事になったが……何者かが盗みに入る恐れがある、と分かっていれば、対策は立てやすい。ひとまずは戸締りをしっかりしていれば大丈夫だろう。


やがて、体育の授業時間となった。

二時限目終了後の休み時間、体操服に着替えるため、生徒達は移動を開始した。

体育の授業は二クラス合同で、男女に分かれて行われる。

男子は２－Ａ、女子は２－Ｂの教室に移動し、それぞれ着替える。

全員が着替えて教室を出た後、出入り口のドアを施錠する。念のため、零人は窓などの戸締りをすべて確認しておいた。

ドアをロックする様子も見ておき、教室の前後にあるスライドドアが両方ともしっかりロックされている事を確かめた。

「よし、施錠は完璧だ。鍵は体育委員の田中《たなか》が持っているわけだな」

「おう」

2－Bの教室も、女子の体育委員と小宮楓がドアの施錠をしていた。

「迷渕《まよいぶち》、こっちの戸締りはしっかりしといたよ」

「こっちもだ。これで誰も教室には入れないはずだな」

鍵を預かる体育委員の二人には、決して誰かに渡したりしないよう注意しておく。

これで一応、防犯対策は完璧だ。ドアや窓を壊して侵入するという方法もあるが、そんな真似《まね》をすれば他のクラスの人間に気付かれてしまうだろう。

授業を受けるため、零人達は教室から離れた。


数時間後、体育の授業が終わり、生徒達は教室に戻った。

零人が自分の席で体操服から制服に着替えていると、不意に生徒の一人が声を上げた。

「あれ、俺の金が……財布から抜かれてる！」

皆がざわめき、零人はハッとした。

声の主は、教室前方、廊下側近くの席の生徒だった。

さらにその近くにいた生徒二人が、「財布の金がない！」「俺もやられた！」などと言って騒ぎ始めた。

「馬鹿な……一体、どういう事なんだ？」

しばらくして、着替えを終えた女子達が戻ってきた。

教室の空気がおかしいのに気付いたのか、女子達は怪訝《けげん》そうにしている。

そこで零人《れいと》は楓《かえで》に尋ねてみた。

「小宮《こみや》、そっちはなにも起きなかったのか？」

「う、うん、大丈夫だったけど。こっちはもしかして……」

「ああ。どうやらやられたらしい」

これで窃盗事件が単なる噂話ではない事が分かったわけだが、事件を未然に防ぐ事ができず、零人はうなった。

「やってくれたな。よりによって僕のいるクラスでこんな真似をするとは……」

「迷渕？　怒ってるの？」

「ちょっとね。この事件、僕が解決してみせよう……！」

昼休みを利用し、零人は捜査を開始した。

「出入り口の施錠はしてあったし、窓は全て閉まっていた。これは僕が確認したから間違いない。出入り口の鍵は、体育委員の田中が持っていた。田中は誰にも鍵を渡してはいないと言っているし、授業終了後に戻ってきた時にはドアは施錠されたままだった。そうすると、これは……」

「現場は密室だった、というわけですね？」

「!?」

声を掛けてきたのは、長い髪の美少女、森野真理《もりのまり》だった。

『密室』という単語を聞き、零人は少し嫌な気分になった。真理に悪意はないのだろうが、あまり聞きたくない単語だ。

真理はいつもの笑顔で零人に告げた。

「これって、事件ですよね、迷渕君。私にもお手伝いさせてください」

「森野さんが？　協力してくれるのはうれしいが……」

「邪魔にならないよう気を付けますので。警察も一目置いているという高校生探偵さんの名推理を間近で見せてもらいたいのです」

「いや、そんなに大したものじゃ……あれ、もしかしてプレッシャーかけてる？」

「ふふふ、まさか。純粋な好奇心ですよ」

そんなわけで、森野真理が捜査に加わる事になった。

真理に見られていると、さしもの零人も緊張してしまいそうだが、なるべく意識しないようにしようと思う。

まずは現場検証を行おうという事になり、被害にあった教室前方、出入り口付近の席へ向かう。

「被害にあったのは、この近くに荷物を置いていた三人か。財布から紙幣を抜かれていた、と」

「お金だけ抜き取ったんですね。財布ごと取らなかったのはなぜでしょう？」

「財布を持っていると盗んだ証拠になるからね。現金だけなら自分のだと主張する事ができるし」

「なるほどー」

真理は感心したようにうなずき、さらに質問をした。

「被害にあわれたのは、出入り口近くの三人だけなんですね。これはなぜでしょう？　どうせなら、教室にあるすべての財布からお金を抜き取ってしまえばいいのに」

「すべての財布から抜き取るとなるとそれなりに時間が掛かるし、騒ぎが大きくなるのは避けたいからじゃないかな。さすがに教室一つ分の生徒全員が被害にあったとなると、警察を呼ばないわけにはいかないだろうし」

「つまり、まだ警察には知らせていないわけですか」

「ああ。学校側としては内々に調査をして、騒ぎにならないように処理したいみたいだね」

学校というのはともかく事件になるのを嫌がる傾向がある。

この事件にしても窃盗は立派な犯罪だ。同じ事件が学校以外の場所で起こったのなら、間違いなく警察が呼ばれているだろう。

「学校側が呼ばないのなら、いっその事、こっちで呼んじゃいます？　１１０にコールすればお巡りさんが来てくれるんですよね」

「いや、それは最後の手段という事にしておこう。騒ぎを大きくしないで済むのなら、それが一番だと思うし」

ピンク色のスマートフォンを取り出してみせた真理に、零人は首を横に振った。

学校側の体裁などに興味はないが、犯人が生徒であった場合、警察が絡んでいると重い処分になるだろう。

もしも家庭の事情などで金に困っての犯行だったとしたら、あまり厳しい処分を下すのは気の毒ではないかと零人は考えていた。

「意外ですね。迷渕君は犯罪者に対してもっと厳しい人かと思っていました」

「そ、そう？　まあ、相手が極悪人なら厳しく罰するべきだと思うけど」

「犯罪者はもれなく逮捕して、社会的に抹殺した上で処刑する、ぐらいはやっちゃうんじゃないかと」

「いや、しないよ!? 僕にそんな権利はないし、明らかにやりすぎだ!」

「ふふふ、やだな、冗談ですよー」

のんきに笑う真理に、零人は冷や汗をかいた。

どこまでが冗談なのだろうか。真理はいつも笑顔で落ち着いているので、判別がしにくい。

「やはり、学校の関係者の犯行なんでしょうか?」

「それはほぼ間違いないと思う。部外者が侵入すれば騒ぎになるし、誰にも姿を見られずに校内に入り、金を盗んで逃走する、というのは不可能だろう。学校関係者なら、侵入と逃走の手順を省いて犯行に及ぶ事が可能だ」

「うーん、そうなると、生徒や先生達《たち》の中に窃盗犯がいるという事に……同じ学校に籍を置く者としては、あまりいい気分ではありませんね」

「それは僕だってそうだよ。でも、事実は事実として受け止めなければならないし、犯罪を見逃すわけにもいかない。ここは心を鬼にして、犯人を捕まえないと」

真剣な顔で宣言した零人を、真理は柔らかく微笑《ほほえ》んで見つめていた。

ちょっと恥ずかしい台詞《せりふ》だったかな、と反省しつつ、零人は気持ちを引き締めた。

そこで、別行動を取っていた、小宮楓がやって来た。

「迷渕、担任の八崎《はちざき》先生に協力してもらって、あんたが言ってた事に当てはまる人間をリストアップしてきたよ」

「ありがとう。これで、容疑者は絞れそうだな」

楓が手渡してきたコピー用紙を受け取り、零人はニヤリと笑った。

真理が首をかしげ、零人にペタッとくっついて、コピー用紙をのぞき込んでくる。

「なんですか、それ。もしかして、容疑者のリストですか？」

「あ、ああ、うん。犯行が可能な怪しい人物を特定してみたんだ」

「すごいですね。どういう基準で容疑者を選んだんですか？」

いきなり距離を詰めてきた真理にドギマギとしつつ、零人は彼女の質問に答えた。

「体育の授業があった、三、四時限目に自由に動けて、尚且《なおか》つ施錠したドアの鍵を開けられそうな人物を、ね」

「三、四時限目に自由に動けた人なんて、校内に山ほどいそうですけど」

「ところがそうでもないんだよ。普通はみんな、なんらかの授業を受けているはずだし、休み時間は人目があるから施錠された教室に侵入するのは無理だろう。そうすると、授業中に教室から抜け出した人間が怪しいという事になる」

「なるほど。それがこのリストに記載された人物なわけですか」

リストに並ぶ個人名を見やり、真理は呟《つぶや》いた。

「全校生徒の中で、三、四時限目の授業中に気分が悪いなどの理由で教室から出たのは、全部で一〇名……結構いますね」

「そのうち、誰かが付き添っていた者、早退した者など、犯行が無理だと思われる人間を除外すると、五名に絞られる」

「それなら、あと一息ですね！」

「生徒はね。次に教職員で犯行が可能だった人物だが……犯行時刻に授業がなかった者、所在がはっきりしない者などが二名。生徒の五名と合わせて、この七名が現時点での容疑者だな」

「ちょっと多いですね。もっと絞れないのでしょうか？」

「それを第二の条件に当てはまるかで区分する。鍵を開けられるかどうかでね」

「鍵は体育委員の人が持っていたんですよね。その人から盗んで犯行に及び、あとで返しておく、なんて事が可能なのでしょうか？」

「そんな真似はしなくてもいい。鍵を開ける方法は他にもあるよ」

「というと？」

「合鍵だよ」

零人が呟くと、真理はキョトンとした。

「合鍵、ですか？」

「そう。教室の鍵は大体複数ある。職員室、用務員室、それから警備会社が持っている場合もあるんだ」

「犯人はそれらのどれかを盗んだわけですか？」

「おそらくだけど、一時的に盗み、合鍵を作るなり型を取るなりしてから返しておいたんじゃないかな。盗んだままだと鍵を取り替えられるかもしれないからね」

「なるほど。しかし、それは……教職員の方々なら割と簡単にできそうですね」

「ああ。でも、生徒にだって不可能じゃない。鍵のある場所に近付く事ができた人間なら可能だ」

「体育委員の人や、日直さんでしょうか。他には……」

「部活の人間もだね。日直は回ってくるまでの周期が長い事を考えると除外してもいいと思う」

「じゃあ、この中で体育委員の人や部活に入っている人が怪しいわけですね」

「小宮にそれも訊《き》いてきてもらっている。該当する人間は……二人だな」

「生徒が二人、教職員が二人、合わせて四人が容疑者なわけですか。なるほどなるほど……ふふふ」

「森野さん？　なにがおかしいんだい？」

首をかしげた零人《れいと》に、真理は笑顔で告げた。

「いえ、さすがだと思いまして。全校生徒と教職員、すべて合わせると数百人はいると思われる中から、この短時間でたったの四人に容疑者を絞ってみせるなんて、普通の人には無理でしょう。すごいですね、迷渕《まよいぶち》君って」

「い、いや、そんなに大した事じゃ……それにこれはあくまでも推理だから、ハズレている場合もあるし」

「きっと大丈夫ですよ。迷渕君の手によって犯人はあぶり出され、厳罰に処される事でしょう。どうします、警察に突き出しますか？　それとも校門前に立たせてさらし者にするんですか？」

「そこまでしないよ！　穏便に済ませるつもりだって言ったよね？」

「冗談です」などと言って真理はニコニコしていた。

からかわれているのだろうか。楓《かえで》ではないが、真理には捉えどころのないところがあるのは確かな気がする。

ともかく、容疑者は四人にまで絞る事ができた。

ここからが本番だ。はたして、犯人は誰なのか――。

その日の放課後、2－Aの教室にて。

零人の前には、学校側の呼びかけにより、窃盗事件の容疑者である四人が集められていた。

小宮《こみや》楓が付き添い、立会人として、2－A担任の八崎文《ふみ》も来ている。

「あれ？　八崎先生が立ち会ってくれるんですか？　男子体育担当の先生が来る予定だったんじゃ……」

「うちのクラスで被害が出たのに、担任の私が立ち会わないわけにはいかないでしょう。コソ泥なんか許せないし……」

いつもクールな担任にしては珍しく、不愉快そうにしていた。意外と正義感が強いのだろうか。

「絶対に許せないわ。犯人を捕まえたら、社会的に抹殺してあげないと……顔写真と住所氏名年齢をネットで公表してはどうかしら？」

「い、いえ、そこまでするのは……できれば穏便に済ませたいですね」

過激な提案をする担任に顔を引きつらせつつ、零人はこの場にいるべき人間が一人足りない事に首をかしげた。

「あれ、森野《もりの》さんは？」

「どうしても外せない大事な用があるから帰るって。迷渕にがんばってくださいって伝え

ておいてくれってさ」

「そうか……」

「森野さんがいなくて残念そうだね、迷渕」

「い、いや、そんな事はないよ、うん」

楓から疑いの眼差《まなざ》しを向けられてしまい、零人は冷や汗をかいた。

ちょっと残念な気がしないでもないが、今は事件の解決に集中しなければ。

「一体、なんの用なんだ？　私も暇じゃないんだが」

文句を言ってきたのは、二年の現代文担当の教師。犯行時刻にはたまたま授業がなかったらしい。

「世の中金じゃ！　生徒の遊びになど付き合っても一銭にもならん！　残業代でも出るのなら話は別じゃがのう」

不満を訴えてきたのは、用務員の高齢男性。金に汚い事で有名らしく、いつも金の話しかしないらしい。

「ふああ、眠う。もう帰っていい？　お金くれるんなら付き合ってあげてもいいけどー」

あくびを漏らしたのは二年の女子生徒。ちょっと派手めでチャラい外見をしている。三時限目の途中から保健室に行ったらしい。所属するクラスの体育委員を務めている。

「な、なんで俺が……知らない、なにも知らないぞ……」

青い顔でガタガタと震えているのは一年の男子生徒。真面目で大人しそうな少年だ。四時限目から保健室に行ったらしい。美術部の部員だという。

この中に、犯人がいる。

零人は一人ずつ、観察してみた。皆、怪しいと言えば怪しいが、今のところ犯人だと断言できる人物はいない。

まずはそれぞれに質問をしてみようか、と零人が考えていると。

そこで新たな人物が、教室に飛び込んできた。

「犯行現場はここかあ！」

「!?」

金色の髪をなびかせ、ピンクの派手なローブをまとって現れたのは、この場に現れるはずのない人物だった。

「魔法警察ファンシー☆マリリン！　呼ばれてなくても即参上ッッッッッッ！」

それは自称魔法警察の捜査官、マリリンだった。

誰も想定していなかったスペシャルゲストの登場に、その場に居合わせた者達《たち》は皆、呆《あっ》気《け》に取られてしまった。

いち早く気を取り直した零人が、マリリンに問い掛ける。

「ちょ、ちょっと待て！　なんで君が、うちの学校に来てるんだ!?」

「事件の匂いを嗅ぎ付けたのさ！　魔法警察の捜査官はあらゆる場所にアンテナを張り巡らせているんだよ！」

得意そうに答えたマリリンに、零人はうなった。警察無線を傍受している件と言い、侮れないものだ。

しかし、どうやって事件の事を知ったのだろうか？　もしかするとこの学校に協力者でもいて……。

「……まさかな」

ちょっと引っ掛かったが、今は考えない事にした。まずは目の前にある事件を解決するのが先決だ。

あれこれと悩む零人をよそに、小宮楓がマリリンと向き合っていた。

「あんたが噂《うわさ》の、魔法警察の子？　実物は思ってたよりも小さくて派手だね……」

「こんにちは、ヤンキーのお姉さん！　それでなにをやったの？　生徒からカツアゲ？　それとも教師に暴行？」

「いきなり失礼だね！　あたしはヤンキーじゃないし、カツアゲも暴行もやってないよ！」

「えっ、違うの？　じゃあ、まさか……人殺し？」

「殺しでもないから！　ていうか、あたしは容疑者じゃないし！」

「えー、そうなの？　まぎらわしいなあ」

眉を吊《つ》り上げた楓を放置して、マリリンは零人に尋ねた。

「それで、どういう事件なの？　まさかまた殺人事件じゃないよね？」

「あ、ああ、今回は違う。窃盗事件だよ」

「泥棒か！　詳しく聞かせて！」

「……」

ここで断れば、マリリンが暴れ出すかもしれない。

零人はため息をつき、事件の概要を簡潔に説明した。

話を聞いたマリリンは、腕組みをしてうなっていた。

「なるほどなるほど。そこにいるのが容疑者なんだね？」

「そういう事になるかな。これから詳しく話を聞いてみようと……」

「そんなの必要ないよ！　さっさと犯人を当てちゃおう！　魔法警察にお任せだよ！」

マリリンが例のオモチャみたいなステッキを取り出したのを見て、零人はギョッとした。

「ま、待て！　また妙なマジックを使うつもりか？　そんなので犯人を当てたところで証拠も何もないんじゃどうしようも……」

「犯人さえ分かっちゃえばあとはどうにでもなるでしょ？　証拠や動機は犯人から無理矢理聞き出せばいいんだよ！」

「そんなのは捜査じゃない！　きちんと手順を踏んで……」

「えいっ、チャート・リバァァァァァァース！」

「!?」

止めようとした零人に構わず、マリリンはステッキを振るい、怪しげな魔法を発動させた。

ステッキに埋め込まれたクリスタルジュエルがピカピカと光り、七色の光をあたりにばらまく。

やがて光が集束していき、一人の人物を照らし出した。

「犯人は、この人だよ！」

皆の視線が、その人物に集中する。

地味なジャケットを着た、大柄な中年男性。現代文の教師、干井《ほしい》だ。

干井は顔色を変え、慌てて否定した。

「わ、私が犯人だと？　そんなわけがあるか！　冗談にもほどがあるぞ！」

「残念だけど、マリリンの魔法に間違いはないよ！　観念して罪を認めた方がいいよ、おじさん！」

「だ、誰がおじさんだ！　大体、君はなんなんだ？　魔法？　そんなものあるわけないだろう！」

「私は魔法警察のマリリンだよ！　魔法はあるし、おじさんが犯人で間違いないよ！」

「ふざけるな！　犯人だというのなら証拠を見せてみろ！」

マリリンは眉根を寄せ、ローブの袖から金色の銃身をのぞかせた。

彼女が拳銃を取り出そうとしているのに気付き、零人《れいと》は慌ててマリリンの腕を押さえた。

「お、おい、待て！　その銃でなにをするつもりだ？」

「軽く脅して自白をうながすだけだよ。まずは左右の足を順番に撃ち抜いてやろう！」

「ちっとも軽くないじゃないか！　それじゃやってなくてもやったって言うだろ！　そういうのはよせ！」

「えー？」

困ったような顔をしたマリリンに、零人は頭が痛くなってきた。

どうやら彼女は本気で自白を強要するつもりでいるらしい。それは取り調べではなく拷問だ。現代では通用しない。

マリリンを下がらせ、零人は改めて容疑者達と向き合った。

たった今、マリリンが犯人を特定した事については考えないようにして、一人ずつ尋ねてみる。

「今日の三、四時限目、皆さんはどこにいたんですか？　千井先生はどこに？」

「ほとんどの時間は職員室にいたな。トイレに行ったり、校内を歩いてみたりもしたが、別にそれぐらい普通だろう？」

「では、用務員さんは？」

「三時限目は、中庭で壊れたベンチの修理をしておったな。四時限目は、用務員室におったぞ」

「二年の君は？」

「だから三時限目の途中で気分が悪くなって保健室に行ったんだってば！　なんべん同じ事を言わせるのよ？」

「確認のためだよ。それじゃ、一年の君は？」

「お、俺は、四時限目が始まる直前に気分が悪くなって、保健室に……四時限目が終わるまで、保健室にいました。保健の先生がいたから、聞いてもらえば証明できると思います」

「ふむ、なるほど」

零人は顎に手をやり、頭の中で情報を整理した。

いくつか考えられる仮説があるが、断言できるだけの証拠がない。もう少し、情報がほしい。

そこでマリリンが、声を上げた。

「ねえねえ、二年の女の子、いつまで保健室にいたの？」

「三時限目が終わるまでだけど。休み時間に教室に戻ったから、同じクラスの子に聞けば分かるよ」

「そっかあ。じゃあ、保健室に行く時、誰かを見掛けなかった？」

「うーん、特に見なかったかな……あっ、中庭に用務員さんがいるのは見たかな」

二年の女子が答え、マリリンは納得したようにうなずいた。

「用務員さんは、四時限目、用務員室にいたんだよね？」

「そうじゃ。嘘《うそ》じゃないぞ」

「じゃあ、三時限目に中庭で作業中、誰かを見掛けなかった？」

「三時限目にか？……おお、そう言えば、一階の廊下を歩いていく女子生徒を見たような……窓越しにチラッとじゃが」

おそらくそれは、二年の女子だろう。彼女が保健室へ向かうところを、中庭にいた用務員は目撃したようだ。

次にマリリンは、一年の男子生徒に問い掛けた。

「君は四時限目の前に教室を出たんだよね。真っ直《ます》ぐ保健室に行ったの？」

「あ、ああ、うん。そうだけど……あっ、トイレに寄っていったかな……」

「その時、誰かを見掛けなかった？」

「……特に誰も。見てないよ」

「そっかー」

マリリンはちょっぴり不満そうだったが、それ以上は突っ込まなかった。

「それで犯人のおじさん、いつ盗みに入ったの？」

「私は犯人じゃないと言っただろう！　盗みになど入っていない！」

「えー？　今の流れでポロッと白状するかと思ったのに……」

そこで零人は、ポツリと呟《つぶや》いた。

「いつ、誰が、犯行が可能なのか、大体分かってきましたね。そのあたりをハッキリさせていきましょうか」

零人の発言に、皆が息を呑《の》み、場に緊張が走る。マリリンだけはキョトンとしていたが。


「まず、二年の君。君が犯行に及ぶのが可能だったのは、三時限目の途中に教室を出てから保健室にたどり着くまでだな。何分ぐらいかかった？」

「えっ？　別に計ったわけじゃないけど……たぶん、五分ぐらい？」

「次に用務員さん。三時限目はずっと中庭にいたとして、四時限目はどうだったんですか？　用務員室にいたというのを証明できますか？」

「儂《わし》はずっと用務員室にいたわい！　ヤ◯オクに出品しとる品物の価格を吊り上げようとしてネットに張り付いておったからのう」

「事実なら確認できそうですね。では、一年の君。君は教室から保健室へ向かう途中でトイレに寄っていったんだな？　トイレには何分ぐらいいたんだ？」

「え、ええと、一〇分か一五分ぐらいかな……？」

「あとで確認しよう。君が教室を出た正確な時刻を同じクラスの人間に訊《き》いて、保健室に入った時刻を養護教諭の先生に訊こう」

「ええっ!?　い、いや、そこまでしなくても……」

「そして、干井先生。職員室にいらしたそうですが、トイレに行ったり、校内を歩いて回ったりもしたんですよね。職員室を出た、正確な時刻は分かりますか？」

「いや、そんなに正確には覚えていないな……トイレに行ったのは三回ぐらいだったかな？　校内をぶらついたのは、一度だけ、一〇分ぐらいだったと思う。確か四時限目だったな」

「そうですか。ありがとうございます」

容疑者全員から話を聞き、零人は薄く笑みを浮かべた。

不意に右手で額を押さえ、俯《うつむ》いて悩んでいるようなポーズを取り、呟く。

「犯人を特定するのは難しいな。この事件は迷宮入りかもしれない……」

皆が顔色を変え、マリリンがなにか言おうとしたところで、零人は呟いた。

「だが、事件の真相が見えてきたぞ。迷宮入りする前に、僕が解き明かしてみせよう

「……！」

顔を上げ、左腕を大きく振って、左手を容疑者達《たち》に向けて断言する。

決めポーズらしきポーズを取った零人に、容疑者達とマリリンは目を白黒させ、小宮《こみや》楓《かえで》は瞳をキラキラさせた。

「いかすわ、迷渕《まよいぶち》！　ヒューヒュー！」

「ふっ、よしてくれ。照れるじゃないか」

二人のやり取りを見て、マリリンは首をかしげた。

「ナニソレ。馬鹿みたいだよ、零人？」

「君にだけは言われたくないな！　なにが魔法警察だ！　痛々しくて見ていられないぞ！」

「なんだとう！　魔法警察を馬鹿にすると許さないぞ！」

マリリンがつかみかかってきて、零人は慌てて彼女の両手首をつかんで取り押さえた。

探偵と魔法警察が揉《も》めているのを見やり、容疑者の四人は困った顔をしていた。

「……それで結局、犯人は誰なの？　そろそろハッキリさせてほしいんだけど……」

立会人の八崎文《はちざきふみ》が呟き、揉めていた零人とマリリンはピタリと動きを止めた。

お互いから手を離し、コホンと咳払《せきばら》いをして、姿勢を正す。

「すみません。実を言うと、犯人が誰なのかは、見当が付いています」

「私はとっくに分かってるけどね！　零人がうるさいから付き合ってあげたけど！」

「そうなの？　じゃあ、一体誰が……」

零人とマリリンは、ほぼ同時にニヤリと笑い、零人が右手の指先を、マリリンがステッキの先を、とある人物に向けた。

「犯人は、あなただ！」

「犯人は、やっぱりこの人だよ！」

二人が同時に指し示したのは、現代文担当教諭の千井だった。

千井は顔色を変え、怒りをあらわにして抗議した。

「おい、ふざけるなと言っただろう！　私が犯人のはずがないじゃないか！　迷渕まで何を言っているんだ！」

「ふざけてなどいません。残念ですが、あなたが犯人だとしか思えないんですよ、千井先生」

「な、なんだと……」

愕然《がくぜん》とした千井を見やり、零人は静かに呟いた。

「皆さんの発言から、犯行時刻をある程度絞る事ができました。おそらく、四時限目だったのでしょう」

「えっ、そうなの？」

小宮楓が呟き、零人はうなずいた。

「用務員さんは三時限目に中庭で作業をしていて、保健室へ向かう二年の彼女を目撃している。二年の彼女が教室を出た時間と保健室にいた時間は特定できるだろう。彼女は容疑者から除外していいと思う」

二年の女子がほっと息をつき、零人はさらに続けた。

「用務員さんも、三時限目に中庭で作業していたのは間違いなさそうだし、四時限目にヤ○オクにアクセスしていたのなら、プロバイダに問い合わせれば確認が可能だ。容疑者から除外できる」

「当然じゃ！　儂は無実じゃぞ！」

「重要なのは、用務員さんがいた中庭は、保健室前の廊下と職員室前の廊下の両方に面しているという点だ。用務員さんが見ていないのなら、三時限目にそれらを通った人間はいないはずだ」

そこで零人はリストを確認しながら、一年の男子生徒に告げた。

「君は美術部だったな。本当は、トイレ以外のどこかに寄り道したんじゃないのか？　たとえば、部室に行ったとか」

「!?　い、いや、俺は……」

一年の男子生徒がうろたえ、マリリンは首をかしげた。

「どういう事なの、零人《れいと》？」

「彼の挙動がおかしいのが気になってね。犯行を隠しているのかもしれないとも思ったが、もしかすると、単に授業をサボっただけなんじゃないかと。そうすると、部室にでも行って時間を潰したんじゃないかってね。あくまでも推測だけど」

「そうなの？」

マリリンに見つめられ、一年の男子は観念したように呟いた。

「そ、その通りです。実は宿題を忘れたんだけど、その授業の先生がものすごく厳しい人で……宿題を忘れたりしたら、みんなの前で嫌味を言いまくってさらし者にするので有名な先生なんだ……それが嫌で、仮病を使って授業を受けない事にしたんです」

「すぐ保健室に行かなかったのはなんで？」

「気分が悪いわけじゃないのに保健室にこもっていても退屈じゃないかと思って。部室なら誰もいないし時間を潰すのにいいかなって」

「なるほどー。零人はなんで部室に行ったのが分かったの？」

「部活に入っている人間が時間を潰そうと考えた場合、部室に向かうのはごく自然な行動だからね。美術部部室の美術室は教室のある一般棟の向かい、専門棟の三階にある。そこからなにかを見たんじゃないのか？　その事を言えばサボった事がバレるから黙っていたとか……」

「そ、それはその……」

困った様子の男子生徒に、マリリンはニコッと笑って告げた。

「正直に吐いた方がいいと思うよ？　犯人にされるよりマシでしょ？」

「……俺、見ました。三階の廊下を、干井先生《ほしい》が歩いているのを」

皆の視線が集中し、干井教諭は顔色を変えた。

「で、でたらめだ！　その生徒は自分が犯人だから、私に罪をなすり付けようとしているんだ！　騙《だま》されるな！」

「落ち着いてください、先生。彼は『四時限目の授業中に先生が二年の教室がある三階の廊下を歩いていた』のを見ただけですよ。どこか特定の教室に入るところを見たわけじゃない」

「い、いや、しかし……」

干井教諭は顔色が悪く、オロオロしていた。明らかに動揺している。

そこで零人は、皆に告げた。

「ところで、話は変わりますが、盗まれた現金はどこへ行ったのでしょうか？　犯人は被害者の財布から紙幣だけを抜き取っているわけですが、その金をどうしたのか？　小宮、もしも君が犯人だったとしたらどうする？」

「えっ、あたし？　うーん、どうするって言われても……とりあえずポケットにでも入れとくかな？」

「だが、現金が盗まれる事件が起こったのに、剝《む》き出しの現金をポケットに入れていたらマズくないかな？　誰かに見られたら怪しまれるぞ」

「あっ、そっか。じゃあ……自分の財布に入れちゃう、とか？」

「そう、財布だ。最も怪しまれない現金の隠し場所は、財布の中だろう。所持金が少々増えていても、第三者には確かめようがないからね」

皆がうなずいたのを確認してから、零人は呟いた。

「それでは皆さん、財布の中身を見せてもらってもいいですか？　被害総額がいくらなのかは被害者達から聞いて確認済みです。その金額以上の現金を財布に入れている人が怪しいという事になりますね」

容疑者だった三人が財布を取り出す中、千井教諭は脂汗をかきながら、零人に抗議した。

「そ、そんな事で犯人だと決め付けられてたまるか！　私は自分の金しか財布に入れていない！　たとえ被害総額より多くとも、それは元からだ！　盗んだ金を足したからじゃない！」

「なるほど。確かに、そうかもしれませんね」

「そ、そうだろう？　そんなのが証拠になんかなるわけが……」

「金額だけなら、その通りですね」

「……えっ？」

あくまでも冷静に、零人は千井に告げた。

「金額よりも重要なのは、犯人が盗んだ現金を、紙幣を持っている、という事なんですよ」

「ど、どういう事だ？」

「分かりませんか？　盗んだ紙幣なら、当然、指紋が付いているでしょう。それが証拠になるわけです」

「な、なにを言ってるんだ？　私の金なんだから、私の指紋が付いていてもおかしくは……」

「先生の指紋が付いていてもおかしくはないのですが、被害者の指紋が付いていたらどうでしょう？　それも被害者全員の指紋が複数の紙幣に付いていたとしたら……動かぬ証拠というやつですね」

「い、いや、指紋なんてどうやって確かめるんだ……？」

「それについてはご心配なく。警察に知り合いがいますので、指紋の採取を頼む事ぐらいできます」

「う、ううっ……」

観念したのか、千井教諭はガックリとうなだれた。

懐から財布を出して開き、なにかを取り出そうとする。

そこで零人はハッとして叫んだ。

「せ、先生、まさか紙幣を処分して証拠隠滅を!?」

「こいつさえなくなれば確かめようがあるまい！　フハハハハハ！」

千井は数枚の紙幣をクシャクシャにして丸め、口に入れて飲み込もうとした。

すかさず、マリリンが床の上を滑るようにしてダッシュし、千井の懐に飛び込んだ。

「ほあたあっ！」

「げぶう!?」

マリリンのステッキが鳩尾《みぞおち》にめり込み、千井の身体《からだ》がくの字に曲がり、口に含んだ紙幣を吐き出す。

その場にうずくまった千井教諭にステッキの先を突き付け、マリリンは叫んだ。

「証拠の隠滅なんて魔法警察が許さないよ！　御用だ！」

「う、ううっ、くそう……」

「今の行動は自白したようなものですね……一応、証拠は確保しておきますが」

零人はビニール袋を取り出し、床に落ちた紙幣をピンセットでつまみ上げ、袋に入れた。

マリリンの大型手錠で拘束されてしまい、千井教諭は大人しくなった。

なんでも千井は株で失敗して、多額の借金があったらしい。それで生徒の財布から盗む計画を立てたのだとか。

学校側は騒ぎになるのを嫌うはずなので、少額ずつ盗めば警察に通報される事はないだろうと考えたらしい。

「まさか探偵と魔法警察が事件を捜査するとは……君達《たち》さえいなければ捕まらなかったのに」

「いえ、それは違いますよ。僕が犯人を見付けられなかったら、学校側は警察に通報するつもりだったそうですから。どのみち、捕まるのは時間の問題だったでしょう。ですよね、八崎《はちざき》先生？」

「ええ。その通りよ」

零人が呟《つぶや》き、立会人の八崎文《ふみ》がうなずくと、千井はガックリとうなだれた。

「……なぜ、私が犯人だと思ったんだ？」

「一つは、単純な消去法です。容疑者のうち、二人は犯人である可能性が低い事が分かった。そうすると残るは二人。一年の彼は挙動不審でしたが、それは授業をサボったのがバレるかもしれないと考えていたから。すると残る容疑者は一人です」

「だ、だが、それだけでは私が犯人とは……」

「もう一つの理由は、先生の供述です。犯行時刻の行動について、妙にハッキリと、堂々と答えられていましたが……内容を冷静に吟味すると、すごく曖昧で、まるでアリバイにはならないものでした。それで、なにか疑われないように誤魔化してるな、と」

「なのに、四時限目に校内をうろついたなどとわざわざ不利な証言をしていましたよね。あれは三時限目だと中庭にいた用務員さんに姿を見られていないのがおかしいという事になるから、話を合わせておいたのでしょう？　それでますます怪しいと思ったわけです」

「むう……」

「くっ、疑われないように振舞ったつもりが、裏目に出ていたのか……」

もっとも、それらの事柄とは関係なく、盗まれた紙幣についた指紋の件を持ち出せば、誰が犯人なのかは明らかになるだろうと零人は考えていたのだが。

犯行が可能な人間をある程度絞る事ができた時点で、この事件は解決したようなものだったのだ。

「現場に侵入するのが比較的容易な状況だったからな……そうでなければ、簡単にはいかなかったろう」

今回の事件では、誰でも簡単に事件現場の鍵を手に入れる事が可能だった。

そのため、完全な密室とは言い難い状況だったのだ。……あの事件とは違って。

「迷渕《まよいぶち》？　どうかしたの？」

「いや、なんでもないよ」

楓《かえで》が問い掛けてきたが、零人は素知らぬ顔をしておいた。

千井に「おじさんは死刑になるの？　それとも懲役二〇年ぐらい？」などと訊《き》いている

マリリンに、尋ねてみる。

「なあ、一つだけ教えてくれないか。君はなぜ、先生が犯人だと分かったんだ?」

「えっ?」

マリリンは不思議そうに首をかしげ、なにを今さら、とばかりに答えた。

「零人も見てたでしょ? 犯人を当てる魔法を使ったんだよ!」

「確かに見たが……あれは単なるパフォーマンスだろう。あらかじめ犯人が誰なのかを推理しておいて、該当する人物に光を当てるようにしているんじゃないのか?」

「そんな面倒くさい事しないよ! あれ、もしかして、まだ私の魔法を信じてないの?」

「当然だろ。魔法なんかあるわけないし」

零人が冷たく言い放つと、マリリンは眉を吊《つ》り上げ、怒鳴った。

「なんて頭が固い人なの! さんざん魔法で助けてあげてるのに、魔法を信じてないなんて信じられないよ!」

「君こそいい加減にしろ。君の魔法とやらは目立つためのパフォーマンス、要するに手品なんだろ? 本当は普通に推理しているだけなんじゃないのか?」

「て、手品だとう!? もう怒ったぞ! マリリンの魔法が手品かどうか、その身で味わうがいいよ!――聖なる光よ、我が呼びかけに応え、我が杖《つえ》に宿れ――」

「!?」

マリリンがおもちゃのようなステッキを振りかざし、呪文らしき言葉を唱え始める。

ステッキに埋め込まれたクリスタルジュエルが点滅し、ステッキ全体を青白い光が包んでいく。

なんだか分からないが、ものすごく危険な感じがする。仮に手品だとしても、ただでは済まないような……。

「くっ、たとえトリックかなにかで吹き飛ばされたとしても、僕は魔法なんか認めないぞ！　さあ、やるならやれ！」

零人《れいと》は両腕を左右に大きく開き、マリリンの魔法を受けてみせる構えを取った。

マリリンはしばらく零人をにらんでいたが、やがてステッキを下ろし、呪文の詠唱を中断した。

「直撃すれば確実に身体が消滅する威力の神聖系攻撃魔法を前にしても怯《ひる》まないなんて、さすがだね、零人！　ちょっとびっくりしちゃったよ！」

「えっ？　か、身体が消滅……？」

「その勇気に免じて今日のところは引いてあげるよ！　でも、次はないから！　また魔法を疑うような事を言ったら、もっともっと超強力な魔法をお見舞いしてあげるよ！」

「……い、いや、できれば遠慮したいな……」

「んじゃ、そゆ事で！　バイバーイ！」

笑顔で手を振り、マリリンは教室から出て行った。

どうにかしのいだが……零人は九死に一生を得た気分だった。

無論、魔法の存在など信じていない。信じていないが……マリリンが放とうとしたアレは、単なるトリックや手品には見えなかった。

「もしもアレを撃たれていたら……僕はこの世から消されていたのかもな……」

呆然《ぼうぜん》と呟く零人に寄り添い、楓は零人の背中をさすってきた。

「がんばったね、迷渕。格好良かったよ」

「どうかな。膝が震えてしまって立っているのがやっとなんだが」

「あたしにはあの子の魔法が本物かどうかは分かんないけど……とりあえず、あの子とは喧嘩《けんか》しない方がいいんじゃない？　アレはマジでヤバいわ」

「ああ。僕もそう思う」


事件は解決したものの、別の問題が残ってしまった。

次にまたマリリンが現れた時、どのように対処するべきなのか。

悩む零人であった。

迷渕一族は、探偵の資質を備えた人間を多数輩出している、推理力に限って言えば極めて優秀で、とても変わった一族である。

一族の者達は全国各地に広く分布しており、絶対数こそ少ないものの、各地でそれなりに活躍していた。

迷渕零人もまた迷渕一族の人間であり、生まれながらにして探偵の資質を備えていた。生まれ育ったF県F市にはそれなりに愛着があり、地元で起こった事件については、できる限り解決したいと考えていた。

だが、いくら探偵の資質を備えているとはいえ、万能ではない。

高校生探偵として名を馳《は》せ、警察に協力していくつもの難事件を解決してきた零人にも、解けない謎はあるのだ。

「迷渕君、ちょっといいですか？」

「森野《もりの》さん？　なにかな」

教室にて、休み時間。

零人が自分の席に着いてぼんやりしていると、森野真理《まり》が話し掛けてきた。

真理は折り畳んだ新聞紙を差し出してきて、笑顔で告げた。

「この記事なんですけど。事実なんですか？」

「……！」

新聞を受け取った零人は、そこに記載されている記事を見るなり、顔色を変えた。

それは、とある事件に関する記事だった。

『自殺!?　謎の不審死』『自殺にしては不可解な点が多い』『高校生探偵もお手上げ』……見覚えのある煽《あお》り文句《もんく》が並んでいる。

「ど、どこでこれを……」

「図書室にあったのを借りてきました。噂《うわさ》の高校生探偵……迷渕君が解決できなかった事件だとかで有名な話なんだそうですね」

「……まあね。ＳＮＳでプチ炎上してたっけ」

成功すれば称賛されるが、失敗すれば非難されるのが世の中というものだ。

数か月前、警察がお手上げだという、ある事件の捜査に零人も加わってみたのだが、残念ながら真相はつかめなかった。

零人が解決できなかった事を嗅ぎ付けたとある記者が記事にしたところ、結構な反響があった。

ネットニュースにもなり、『迷渕、ざまあｗ』『素人が首を突っ込むからこうなる』『泣くなよ迷渕ｗ』などといった心無いコメントが寄せられ、それを見た零人は、かなり落ち込んでしまった。

零人を擁護する声も多く、騒ぎはすぐに沈静化したのだが、零人にとっては忘れられない事件だった。

「迷渕君の黒歴史というわけですか。どんな事件だったんです？」

「……」

興味津々といった様子の真理に、零人はため息をついた。

彼女から悪意は感じられない。おそらく純粋な好奇心から質問してきているのだろう。

零人としては、古傷を抉《えぐ》られるような気分なのだが。

「ちょっと変わった事件でね。とある部屋で、住人の男が死んでいたんだ。現場は完全な密室で、被害者以外の人間が出入りするのは不可能。状況的に見て、自殺としか思えなかったんだが……」

「そうではなかった、と？」

コクリとうなずき、零人は話を続けた。

「状況的には自殺としか思えない。なのにどういうわけか、被害者の死に方は他殺だとしか思えなかったんだよ」

「えっ？　それって、どういう……？」

「被害者は部屋の中央、椅子に座った状態で亡くなっていた。銃弾で心臓を撃ち抜かれていたんだ」

「し、心臓を？　銃を使った自殺にしては珍しいですね。でも、そのぐらいでは他殺とは……」

「ああ、自殺で胸を撃ち抜くのも絶対にありえないとは言えない。ただ、変だったのは……銃弾を発射した拳銃が、三メートルほど離れた位置にある机の上に置いてあったんだ」

「えっ？　じゃ、じゃあ、被害者は自分の胸を撃ち抜いた後に、三メートルも離れた机の上に拳銃を置いたのですか？」

「そういう事になるかな。しかも拳銃には指紋が付いていなかった。手袋でもして撃ったんだろうが、被害者は手袋なんかしていなかったんだ」

「ええと、じゃあ、被害者は自分の胸を撃ち抜き、三メートル離れた机の上に拳銃を置き、手袋を処分してから、椅子に座ってお亡くなりになったと……」

首をひねる真理にうなずき、零人は言葉を続けた。

「ついでに言うと、被害者の腕には後ろ手に縛られた形跡があった。縛るのに使ったと思われるロープが足元に落ちていたんだ」

「それじゃ、被害者さんは椅子に座った状態で後ろ手に縛られていて、胸を撃ち抜かれてお亡くなりに……それって、どう考えても他殺じゃないですか！」

「ちなみに銃弾は二メートル以上離れた位置から発射されたものだという、鑑識の結果が出ている。明らかに他殺だと思われるんだが……」

「でも、現場は密室で、誰も出入りできない状況だったんですよね？」

「そうなんだよ。現場の状況は自殺、でも遺体の状況は他殺だとしか思えない。犯人がどうやって現場に出入りしたのか、どうしても分からなかったんだ……」

暗い顔で俯《うつむ》く零人を見やり、真理はなにかを閃《ひらめ》いたように呟《つぶや》いた。

「先日の窃盗事件と同じく、部屋の合鍵を使ったのではないですか？　それなら犯行は可能ですよね！」

「無論、その可能性は考えたけれど、無理なんだ。合鍵を使っても、部屋を出入りする事はできないんだよ」

「えっ、なぜです？」

「被害者はとても用心深い人間だったらしくてね。通常のドアロックだけではなく、複数のロックをドアに追加していたんだ。全てのロックが内側からしか外せなくなっていて、遺体発見時にはロックされたままだった」

「そうなんですか……では、どうやって部屋に入ったんですか？」

「通報を受けた警察が、ガラス戸を破って室内に入ったそうだよ。ガラス戸とドア以外には侵入可能な経路はなく、どちらも施錠されていた。現場は完全な密室だったんだ……」

悔しそうに語る零人《れいと》を見つめ、真理はうなずいた。

「つまり、犯人はまだ捕まっていない、未解決事件というわけですね」

「ああ。その通りだよ」

「でも、迷渕《まよいぶち》君は、まだあきらめてはいない。そうなんでしょう？」

「それは……」

真理の問い掛けに対し、即答する事ができず、零人は言葉を詰まらせた。

あきらめたのかと言われれば、答えはノーだ。そんなつもりはないのだが……。

「いずれ、解き明かしてみせるつもりではいるけど……今はまだ、無理かな」

「そうですか。ちょっぴり残念ですが、あきらめていないのなら大丈夫ですね。きっと近いうちに謎を解いて、非難してきた人達《たち》を見返してくれるんですよね！」

「……努力するよ」

真理から期待するような目を向けられ、零人はそう答えるのがやっとだった。

「……今はまだ、か。じゃあ、いつならいけるんだよ、って話だよな……」

放課後、一人で街中をトボトボと歩きながら、零人は独り言のように呟いていた。

高校生探偵などと呼ばれていても、自分はまだまだ未熟なのだと思う。プロの探偵をやっている、迷渕一族の親戚あたりなら、簡単に解き明かしてしまうのではないか。

親戚に相談してみようかとも考えたが、やめておいた。

まだ、ギブアップするには早いと思ったのだ。未解決のまま終わらせてたまるものか。


住宅街の一角に建つ、そこそこ大きな二階建て洋風建築の一軒家。

その敷地内にある、離れの部屋が、問題の事件現場だった。

現場に赴き、零人はもう一度、事件について検証してみる事にした。事件当時の状態のまま、現場は保存されている。

「……」

被害者は、漫画家の伊藤和夫《いとうかずお》（三八）。一部には熱狂的なファンがいるという、ホラーテイストなバトル漫画を得意としている漫画家だった。近年は作品がメガヒットして、メジャー漫画家の仲間入りをしたという。ペンネームは豚骨ピッグマン。

ちなみに零人も彼の作品は読んだ事があり、割と好きな漫画家だった。ただ、最近はちょっとメジャー受けを狙いすぎていて、以前ほど作品にパワーを感じられないな、と思っていたりした。

事件現場である離れの部屋は、被害者が自分専用の仕事場として利用している部屋だった。

正方形に近いコンクリートの建物で、ワンルーム構造。設備としてはトイレがあるぐらいだ。

北側に出入り口のドアがあり、南側にはガラス戸がある。その二つ以外には、室内へ侵入可能な出入り口はない。

「密室の謎さえ解ければ、事件を解決できるはずなのに……一体、犯人はどんな手を使ったんだ……？」

離れの部屋を外側から観察し、零人はうなった。

特に複雑な構造などはしていない、シンプルな建物だ。だからこそ、分からなかった。

出入り口のドアと、ガラス戸。この二つが完全に施錠されていた以上、室内にいた被害者以外に部屋を出入りできた人間はいないはずなのだ。

だが、そんな状況で、被害者は何者かに殺されているのだ。

なんらかのトリックを使っているとしか思えないのだが、それがなんなのか。零人は悩んだ。

「外側からドアをロックできないかな……チェーンロックやバーロックはドアの隙間から

針金かなにかを差し込んで引っ掛ければ……できない事もなさそうだが……」

ドアの内側にあるチェーンロックとバーロックはそれで行けそうな気がした。だが……。

「留め金にダイヤルロック錠が付いたやつが一〇個もある。これはさすがに無理だよな……」

スマホに保存していたドアの内側を施錠した状態の写真を確認し、零人はため息をついた。

これではドアから出入りするのは不可能だ。ここまで厳重に施錠する必要があったのかは疑問だが。

「そうなるとやはり、もう一つの出入り口が怪しいという事になるけど……」

離れの南側に回り込み、ガラス戸を見てみる。

見たところ、なんの変哲もないガラス戸だ。二枚のガラス戸で構成され、左右いずれかをスライドさせる事で人の出入りが可能となる。

室内側の中央に、ロックするためのレバーがある。遺体発見時、しっかりロックされていたと聞いている。

「ロックレバーが自動で上がってロックする仕掛けでもあったのかと思ったけれど、そんな形跡はないんだよな……」

ガラス戸そのものを外側から外せないかと調べてみたが、それは無理だった。

建物は、四方の壁はもちろん、天井と床も分厚いコンクリートで固められていて、どこにも抜け穴などはない。

やはり、現場は完全な密室だ。その事を改めて確認し、零人はため息をついた。

「おや、迷渕君じゃないか。また調べに来たのかい？」

「ええ、まあ」

声を掛けてきたのは、痩せた中年男だった。身長は零人よりも高く、髪はボサボサで不健康そうな顔をしている。

被害者のもとで働いていたアシスタントの一人だ。彼はアシスタントのまとめ役で、チーフと呼ばれていた。

あまり収入はよくないのか、いつも同じ服を着ていて同じ靴を履いている。

ここは母屋の一階が仕事場になっている。事件現場となった離れは、被害者の漫画家が一人きりでこもるために建てたものだという。

「先生は、アイディアに詰まるとよく離れにこもっていたんだ。二、三日出てこない事もあったな」

「事件当日もこもっていたんですよね」

「ああ。先生が出てくるまで作業は中断、アシスタントはみんな帰っていたよ」

事件当日、母屋には誰もいなかったらしい。

離れにこもる際、被害者はいつもドアを施錠していて、誰も入ってこれないようにしていたという。

つまり、犯人は被害者にドアを開けさせ、犯行に及んだあと、元通りに施錠して離れから出たという事になる。

「先生、最近はいいアイディアが出ないって言って悩んでたからな。しかし、まさか拳銃で自殺するなんてね」

「自殺されたんだと思われますか？」

「うーん、どうだろ。自殺するようなタイプじゃないと思うけど、これぱっかりは本人じゃないと分からないからなあ」

「……」

チーフアシスタントの男が去った後、派手な服装をした若い女性がやって来た。背は低く小柄で、ピンクに染めた髪をツインテールにしている。

彼女もまた、アシスタントの一人だ。アシスタントの仕事をしながらプロデビューを目指しているらしい。

「先生はぁ、誰かに殺された……ように見せかけたんじゃないのかなあ？」

零人は首をひねり、尋ねてみた。

「ええと、殺されたように見せかけた、というと、他殺に見せかけた自殺という事ですか？」

「そう、それ！　先生はちょっと変わってたからあ、最期に『謎の死』ってやつを演出して死んじゃったんじゃないかって……」

「自殺されたんだと思われているわけですか？」

「知らなーい。でも他殺じゃないんなら自殺でしょー？」

「……」

「ヤツは行き詰まっていたんだ。自殺しても不思議じゃないな」

次に現れたのは筋骨隆々とした、背の高い大男。被害者と同じ雑誌の新人賞でデビューした、同期の漫画家だ。

ちなみに彼は甘々な胸キュンラブコメを描いているらしい。

「漫画のアイディアが出なくて困っていたんですか？」

「それだけじゃない、すべてにさ。毎週毎週、凝ったアイディア、緻密な作画を要求されて、かなり参っていたみたいだな。いくら作品がヒットして儲《もう》かっても、儲けた金を使う暇がないってな。俺みたいな小ヒットしかした事がない漫画家からするとぜいたくな悩みだが」

「自殺されたんだと思われているわけですか？」

「自殺したとしても不思議じゃないと思っているだけさ。同業者として気持ちは分からないでもないからな」

「……」


南側のガラス戸を開け、零人は離れの部屋に入ってみた。

二〇畳ぐらいはありそうな、割と広い部屋だ。床はフローリング、東側の壁には本棚が並び、西側の壁には漫画のポスターがいくつも貼ってある。南側ガラス戸の横にはデスクがあり、北東にトイレルーム、北西の位置に出入り口のドアがある。

被害者である漫画家がアイディアを練るための専用ルームといったところか。余計な家具などは一切ない、殺風景な部屋だ。

部屋の中央に、大きな背もたれを備えた椅子が置いてある。被害者はあの椅子に座った状態で死んでいたのだ。

「被害者はここ、凶器の拳銃は三メートル離れたデスクの上……自分の心臓を撃ち抜いた後に、拳銃をデスクに置くのは不可能だよな……」

銃弾は二メートル以上離れた位置から発射されたと分かっている。自殺なら拳銃をデスクの上などに固定して、引き金を引く仕掛けなどを使って撃った、とも考えられるが、現場にそのようなものを仕掛けた痕跡はなかった。

やはり、他殺か。だが、それならどうやって犯人はここから外に出たのか。

「天井や床、壁には人間が通り抜けられるような隙間はなく、抜け穴もない。備え付けのトイレルームには窓もないし、ここから出るのは不可能だ。そうすると……」

部屋の北側、西寄りにある出入り口のドアに近付いて観察してみる。

木製で外開きの、なんの変哲もないドアだ。ドアノブ部分によくあるシリンダー錠が内蔵されていて、内側のボタンを押すとロックされ、外側からは鍵を使わないと開けられない。

チェーンロックと、バーロックが備え付けられている。それだけなら工夫次第で外側からでもドアをロックし直す事ができそうなのだが。

ドアの内側にズラリと並ぶ、後から追加したと思われる一〇個の留め金、それに引っ掛けてある小型のダイヤル式ロック錠。

留め金はドアを閉めないと留められないし、ロック錠は固定した留め金に引っ掛けて外せないようにする物だ。

これらをすべて、ドアの外側から施錠するのは無理だろう。室内にいる人物にしか施錠できないはずだ。

「この一〇個の留め金とダイヤル式ロック錠さえなければ、被害者を殺害後に密室を作る事は可能なのに……改めて見ても、外側から施錠するのは不可能だとしか思えないな……」

遺体発見時の状態のまま、すなわちすべてのロックがかかった状態のドアを見つめ、零《れい》人《と》はうなった。

このドアか、あるいはガラス戸のどちらかに仕掛けがあるはずだと思うのだが、今のところそれらしいものは見付かっていない。

「ガラス戸のレバーを釣り糸かなにかで操作してロックした？　しかし、釣り糸を通せるような隙間はガラス戸の近くにはないんだよな……」

ロックする箇所が一箇所しかないガラス戸の方が仕掛けを施しやすいとは思うが、それらしい仕掛けを施した形跡はどこにもなかった。

やはり、分からない。これは絶対に他殺だし、犯人はトリックを使って密室を作り出したとしか思えないのだが……。

「なにか、見落としている点があるはずなんだ……考えろ、零人。僕になら見抜けるはずだ……」

施錠されたドアをにらみ、零人はうなった。

密室の謎さえ解ければ、事件は解決するはず。犯人は一体どうやって、この部屋から脱出したのだろうか。

零人が腕組みをして考え込んでいると、背後にあるガラス戸の方から人の気配がした。

「……迷渕《まよいぶち》君？　またここに来ていたのね」

「速水《はやみ》さん？……どうも」

室内に入ってきたのは、黒いスーツ姿の女性刑事、速水だった。

速水は零人を見つめ、ぎこちない笑みを浮かべた。

「やはり、気にしているのね。迷渕君が唯一、解決できなかった事件だものね……」

「ええ、まあ。絶対に自殺なんかじゃない、他殺だと思うんですが……犯人が密室状態にして外に出た方法が分からないんですよね」

難しい顔をしてうなる零人を見やり、速水は苦笑した。

「私も他殺だと思うわ。一体、どうやって密室を作り出したのか、見当も付かないけれど」

速水刑事は常にクールで、沈着冷静に事件の概要をつかもうとするタイプの刑事だ。事実はさておき、少なくとも零人はそう思っている。

彼女もまた、零人と同じく、この事件が自殺などではなく、殺人事件だと考えている。自殺で処理するには無理がありすぎるのだ。警察もどうにかして密室の謎を解こうとしているのだが……。

「いっそ、犯人を特定してから、そいつを締め上げて、犯行方法を聞き出すというのもありかもしれないわね」

「速水さん？　それじゃ、マリリンと同じですよ。やめてください」

「ご、ごめんなさい。あんなのと同じ考え方をしていては駄目よね……」

シュンとなった速水に、零人は苦笑した。

速水刑事は、零人のよき理解者だ。以前、彼女が手こずっていた事件を、零人があっさり解決してみせて以来、零人の信奉者となっている。

現役の警察官に協力者がいてくれている事で、零人も助かっている。ちなみに零人が協力するようになってから、速水刑事の検挙率は九九パーセントとなっていて、県警ではトップを独走している。

「なにか新しい発見はあった？」

「いえ、今のところは何も……どこかに、見落としている点があると思うんですが……」

真剣な顔で室内を見回す零人を見つめ、速水は頬を染めた。

自信満々で推理を披露する零人もいいが、悩んでいる零人もすごくいい。見ているだけでキュンキュンしてくる。

人気《ひとけ》のない密室で彼と二人きりである事に気付き、速水はハッとした。

これは、彼との親密度を深めるチャンスではないだろうか。協力して捜査をするフリをしつつ、さり気なく身体《からだ》を密着させたりして、意識するように仕向けてみるか。

「……私も手伝うわ。もっとよく、室内を調べてみましょう」

「ありがとうございます。速水さんが協力してくれると助かります」

なんの疑いもなく、無邪気に微笑《ほほえ》む零人を見て、速水はクラッときてしまった。

零人はおそらく、自分の事を年上で頼りになるお姉さんだと思っているはず。そのおいしいポジションを維持しつつ、異性として意識するように誘導できないものか。

「迷渕君。あの……」

「？」

速水がごく自然に身を寄せると、零人は不思議そうに首をかしげた。

さらに身を寄せてさり気なく身体を密着させようとした、その時。

部屋の北側にあるドアが、ドゴーン！　という轟音《ごうおん》と共に内側に向けて吹き飛び、床の上にバーン！　と倒れた。

「うわあ！　な、なんだなんだ!?」

「!?」

零人が叫び、速水は身構えた。

内側に施されたロックをすべて破壊してドアを倒し、室内に飛び込んできたのは、ピンクの衣装をまとった、小柄な少女だった。

「魔法警察ファンシー☆マリリン！　未解決事件の現場に颯爽《さつそう》登場ッッッッッッ！」

金色の髪をなびかせ、ショッキングピンクのローブ姿で現れたのは、自称魔法警察捜査官のマリリンだった。

速水が露骨に顔をしかめ、「邪魔しやがって」とばかりに舌打ちしたが、マリリンは無視していた。

マリリンは笑顔で決めポーズを取ってから、零人に話しかけてきた。

「事件の謎が解けずにお困りのようだね、迷渕零人！　マリリンが謎を解いてあげるよ！」

「な、なんだって？　君にこの事件の謎が解けるっていうのか……？」

笑顔で自信満々のマリリンに、零人はゴクリと喉を鳴らした。

なにかとデタラメで怪しい要素満載のマリリンだが、彼女には零人に理解できない、なにかがある……ような気がする。

そのなにかによって、通常では解明不可能な謎を解き明かしてみせるというのか。

「どういう事件なのか調べてあるみたいだな。それなら、教えてくれ。一体全体どうやって、犯人はこの密室から脱出したんだ？」

「ふっふっふっ、それはね……密室トリックを使ったんだよ！」

「密室トリックだと……！」

得意げに告げたマリリンに、零人は首をかしげた。

「いや、そんな事は分かっているんだが……」

「えっ？」

「犯人がなんらかのトリックを使って密室を作り出したというのは、君に言われるまでもなく分かっているさ。問題は、どういうトリックを使ったのかという事なんだが」

「え、えーと、それはねえ……」

マリリンは明後日《あさって》の方を向いてうなり、やがて零人に目を向け、叫んだ。

「それを今から調べるんだよ！　魔法警察にお任せなのさ！」

「なんだ、既に分かっているわけじゃないのか……」

零人が明らかに期待外れ、といった感じで呟《つぶや》くと、マリリンは頬をふくらませた。

「見てるがいいよ！　あっと言う間に謎を解いてあげるから！」

「それが可能なら大したものだが……魔法警察とやらのお手並みを拝見しようか」

マリリンは例のオモチャみたいなステッキを手にして、室内の観察を始めた。

自分が破壊したドアをジッと見て、ドアの内側に沢山の留め金があるのを確認し、フンフンとうなずく。

「こんなにたくさん留め金を付けて意味あるのかな？　外すのが面倒だよね」

「被害者は用心深い人だったんだろう。僕もこの数は病的だとは思ったが」

次にマリリンは南側のガラス戸を調べ、部屋の天井や床を見て回った。

建物の角にあるトイレルームのドアを開き、中を観察してから部屋の中央に戻ってくる。

「うーん、どこにも出入りできそうな隙間はないよね。そうすると……」

南側にあるデスクに近付き、マリリンは首をかしげた。

「紙に色々な絵が描いてあるけど……被害者は絵描きさんだったの？」

「さすがにそこまでは知らないのか。被害者は漫画家なんだよ」

社会的な影響や未解決事件という事もあって、被害者の職業は公開されていないのだ。

マリリンは驚き、大きな瞳をパチクリさせていた。

「えっ、漫画家さんなの!? 漫画って、あれでしょ、細かい絵と文字が一杯描いてある本！ 知ってるよ！」

「そりゃ漫画ぐらい誰でも知っているだろうけど……」

「魔法の国にはないんだよ！ 人間界特有の面白い文化だよね！」

「……」

そういう設定だという事なのだろうか。魔法の国出身などと言い張るのも大変だな、と零人は思った。

「漫画ならいくつか読んだ事あるよ！ この漫画家さんはどんなのを描いてるの？」

「ホラーテイストなバトルアクションものかな。代表作は、これとか」

零人は本棚から単行本を一冊取り出し、マリリンに手渡した。

マリリンは本を開くと、パラパラとページをめくり、眉根を寄せた。

「えー、なにこれ……気持ち悪い絵ばっかりだよう……」

「作者の代表作、『ゾンビ探偵のグロい冒険』だよ。殺された私立探偵がゾンビになって甦《よみがえ》り、様々な事件を解決しながら宿敵の連続殺人鬼を追い詰めていくんだ。主人公は不死身なんだけど、定期的に防腐剤を打たないと身体が腐ってしまうという設定で……」

「なんでそんな気持ち悪い設定なの!?　こんなのが人気あるの？」

「小中学生を中心に馬鹿ウケらしい。確か、アニメ化が決定したんじゃなかったかな」

「この世界はどうかしてるよ！　もっと明るくて楽しい漫画を読めばいいのに！」

「人の趣味はそれぞれだし、こういう作品があってもいいだろう。僕は割と好きだよ」

「零人《れいと》はこんなのが好きなの？　うわあ……」

マリリンは信じられない、といった顔で零人を見ていた。

「こんな漫画を読んでいたらゾンビになっちゃうよ！」などとお母さんみたいな事を呟きつつ、マリリンは単行本を放り出して部屋の探索を続けた。

「本棚にあるのは漫画ばっかりだね。さすがは漫画家さんってとこかなー？」

部屋の東側の壁には本棚が並んでいて、沢山の漫画や小説、雑誌などが収納されている。

マリリンは本棚を見て回り、そのうちの一つを動かそうとした。

「あれ？　動かない……なんで？」

「本棚は壁に固定してあるみたいでね。動かせないんだ」

零人が説明すると、マリリンは顎に手をやってうんうんとうなり、本棚をにらんだ。

手にしたステッキを振り上げ、先端を本棚に向ける。

「磁力よ宿れ！　マグネットフォース！」

「!?」

ステッキから謎の光が放たれ、本棚を包み込み、壁から引き剝がす。

マリリンがステッキをグイグイと引くと、謎の光で牽引《けんいん》された本棚がズリズリと引きずられ、隠れていた壁が露出した。

コンクリート剝《む》き出しの壁をマリリンはペタペタと触り、不意に手にしたステッキを振り上げた。

「よし、ここだ！……ホーリー・スマッシュ！」

「「!?」」

ステッキに青白い光が宿り、マリリンはフルスイングでその先端を壁に叩《たた》き込んだ。

ドゴーン！　と派手な音が響き、壁に大穴が開く。

目を丸くした零人と速水《はやみ》に構わず、マリリンは穴を潜《くぐ》り抜けて外に出て、すぐに室内へ戻ってきた。

ステッキを壁の穴に突き付け、叫ぶ。

「えいっ、元に戻れ！」

粉々になったコンクリートの欠片《かけら》が逆回し再生のように戻ってきて、穴をふさいでいく。

壁を元の状態に戻し、マリリンはいい汗かいたとばかりに額を拭い、呟いた。

「ふう、やれやれ。やっと分かったよ。犯人はこうやって、壁に穴を開けて外に出たんだ！」

「い、いや、そんな馬鹿な！　外側から確認したけど壁に穴なんか開いてなかったぞ！」

「一度穴を開けて外に出た後、コンクリを詰めて穴をふさいだんだよ。そうすれば密室の完成、というわけだね！」

「む、むちゃくちゃだ……」

確かにその方法なら犯人が部屋から出入りした上で密室を作り上げる事は可能だが……あまりにも乱暴すぎる。

マリリンが壁に大穴を開け、それをすぐさま元通りにしたのはすごいトリックだったが、普通の人間に彼女と同じ真似《まね》ができるとは思えない。

「事件当日、家には誰もいなかったんでしょ？　それなら壁を壊したり、それを補修する作業をしていても、誰にもバレないよね」

「それは確かにそうだが……しかしなあ……」

零人は露出した壁を観察し、コンクリートの壁が妙な形状をしているのを見てうなった。

表面が妙に粗く、本棚裏側の凹凸《おうとつ》がぴったりはまる形になっている。

「これは……裏側からセメントを充填したためにこんな形になったのか。本棚が動かなかったのは、セメントで固定されていたせいだったんだな」

「迷渕《まよいぶち》君、それって……」

「ええ。何者かが壁に穴を開け、外側からセメントを充填して穴をふさいだ可能性がありますね」

本棚は調べたつもりだったが、動かせなかったために裏側の壁については見落としていた。

速水と顔を見合わせ、零人は呟いた。

「速水さん、このあたりの壁の材質について調べてもらってもいいですか？　穴を開けた形跡があるのかどうかも含めて」

「ええ、分かったわ。まさか、こんなところに密室工作のヒントがあるなんてね」

速水がスマホを取り出し、捜査本部や鑑識班と連絡を取る。

胸を張って得意そうにしているマリリンに、零人は尋ねてみた。

「なぜ、ここの壁が怪しいと思ったんだ？　穴を開けるのなら西側の壁や、天井や床でもよかったはずなのに」

「それはね、勘だよ、プロの捜査官の勘！『本棚が動かせない』っていうのがなにか引っ掛かったの！　素人探偵くんには難しかったかな？」

「勘で怪しい場所を探り当てたっていうのか？　参ったな……」

ため息をつく零人に、マリリンは眉根を寄せた。

「なになに？　勘なんか当てにならないって言いたいの？」

「いや。少なくとも魔法なんかよりは現実味があると思う。大したものだよ」

「おや、珍しく素直だね、迷渕零人！　さてはマリリンの優秀さに感動して、助手にしてほしくなったんだね！」

「それは遠慮するよ」

零人が即答すると、マリリンは「素直じゃないなあ」などと呟いていた。


ともあれ、密室の謎は解く事ができた。

そうなると、後は犯人が誰なのかという事になるのだが……。


「容疑者は、この三人ね」

先程、零人に声を掛けてきた三人を速水刑事が改めて呼び出し、離れに集まってもらった。

三人とも、事件当日のアリバイがはっきりせず、被害者を殺害する動機があるのだ。

零人は三人の様子を観察しつつ、一人ずつ確認していくようにして呟いた。

「アシスタントのチーフさんは、長年スタジオを取り仕切ってきたが、気分屋でわがままな被害者のペースに付き合わされるのに飽き飽きしていた。被害者をいつか殺すと言っていたという証言もあるそうですね」

「い、いやいや、そのぐらいの愚痴は言うだろ？　本当に殺したりはしないよ」

「アシスタントの女性は、早くデビューしたいのにちっとも自分の原稿を見てくれない被害者に不満を募らせていた。おまけに性的な目で見られていて、被害者の事を不快に思っていたとか」

「先生って変人で自己中のオタクだったからねー。でも、殺しちゃうほど嫌ってはいないかなー？」

「被害者と同期の漫画家さんは、ヒット作を出して儲《もう》けているくせに休む暇がないという被害者の事を快く思っていなかった」

「正直、ぜいたくな悩みだとは思っていたが、殺すほどの恨みはないな」

事件発生から日数が経過しているからか、三人とも冷静で、どこか他人事《ひとごと》のような態度だった。

だが、この中に犯人がいるはずなのだ。零人は三人の観察を続けながらうなった。

そこでマリリンが、同期の漫画家に問い掛けた。

「おじさんも漫画家さんなの？　どんな漫画を描いてるの？」

「ああ、俺が描いているのは……こういうのだ」

漫画家が本棚から単行本を取り出し、マリリンに手渡す。

女の子が笑顔でポーズを取っているキラキラした表紙を見つめ、マリリンは驚いていた。

「あっ、『恋するマッスルスパーク』だ！　という事はまさか、おじさんが作者のミート静香《しずか》先生なの!?」

「知っているのか？　光栄だな」

「これすごくいいよね！　主人公の女の子が鍛え抜いた筋肉を隠しながら、意中の男の子の危機を超人的なパワーで救うとことかキュンキュンしちゃうよ！　すごく繊細な絵だから作者は女の人だと思ってたのにおじさんだったんだ？」

「フッ、俺の作風だと女性だという事にしておいた方がいいのさ。この事は黙っていてくれ」

「そうするよ！　ファンの夢を壊しちゃダメだよね！」

などと言いつつ、マリリンは漫画家からサインをもらっていた。意外とミーハーなところもあるようだ。

「それはそれとして、この人達《たち》が容疑者なんだね？　じゃあ、さっさと犯人を当てちゃおう！」

マリリンが叫び、オモチャみたいなステッキを振りかざす。

そこで零人は、慌ててマリリンの腕を押さえた。

「待った。また魔法とか言って、あらかじめ推理して特定してある犯人に光を当てるつもりだな？」

「もう、そんなんじゃないんだってば！　これは犯人を当てちゃう魔法だって、何度言えば……」

「そうか。それなら、僕にも同じ魔法が使えるぞ」

「えっ？」

目をパチクリさせているマリリンにニヤリと笑ってみせ、零人は前に出た。

落ち着いた口調で容疑者の三人に告げる。

「さて、既に密室の謎は解いてしまったので、あとは犯人を特定するだけなわけですが……」

「「「……」」」

三人とも、特に反応は示さない。密室の謎が解けるはずがないと思っているのか、もしくはたとえ謎を解いたところで犯人を特定できるはずがないと考えているのか……。

「謎を解いたのはマリリンだよ！」と主張するマリリンはとりあえず放置しておき、零人は容疑者達に告げた。

「それでは皆さん、そちらにある本棚の前まで移動してもらえますか？」

三人とも怪訝《けげん》そうにしながら指示に従い、本棚の前に移動した。

「それぞれ適当な本棚を動かして、壁が見えるようにしてください」

「えっ、本棚を？」

「こんなの一人で動かせるのー？」

「動かせない事もないと思うが……壁になにかあるのか？」

それぞれが別々の本棚に手を添え、動かそうとする。非力な女性アシスタントは嫌そうな顔をしていたが、案外楽に動かす事ができたので、驚いていた。

「ありゃ、意外と軽い。本がギッシリ詰まってるのになんで？」

「本棚に収まっている本の半分以上は中身を抜かれたブックカバーやボックスのみの物になっていました。おそらく犯人が動かしやすくするために抜いておいたのでしょう」

「そうだったの？　でも、なんでそんな面倒な事を……」

「できるだけスムーズに本棚を動かして壁を露出させるためでしょう。そうすると……ほら」

「「「!?」」」

三人が三つの本棚を動かして壁が見えるようにすると、そこには大きな穴が開いていた。

壁に開いた穴があらわになった際に、三人がどのような顔をしたのか、零人《れいと》は瞬《まばた》きもせずにジッと見ていた。

「これが密室のトリックです。抜け穴を本棚で隠してあったわけですね」

「いや、ちょっと待ってくれ。こんな穴、今日までなかっただろう。こんなのがあったら今まで誰も気付かないわけがない」

アシスタントのチーフが指摘し、他の二人も同意とばかりにうなずく。

零人はすまし顔で、サラリと答えた。

「そうでしょうか？　壁は本棚で隠されていたわけですし、気付かなくてもおかしくないんじゃないでしょうか」

「警察が見落とすとは思えないし、外から穴が丸見えじゃないか」

「こちらの壁の外側は、この家の敷地を囲う塀に面していて、敷地の外からは見えません。塀との間は一メートル程度と非常に狭く、壁の穴を見落としたとしても不思議じゃないでしょう」

「いやいや、そんなわけないだろ。この部屋に抜け穴がないか、徹底的に調べたはずだ。なんでそんなデタラメを……」

怪訝そうな顔をしたチーフに苦笑し、零人は呟《つぶや》いた。

「すみません、実はその通りです。この穴は、ついさっき開けたものでして」

「マリリンが開けてあげたよ！　零人が頼んできたから！」

笑顔で得意そうに言うマリリンに、三人の容疑者はキョトンとしていた。

「実は、犯人が壁に穴を開けてこの部屋から出たらしいと判明したので、穴を再現してみたんです。皆さんがどんな顔をするのか見てみたかったので」

「こっちの反応を見て犯人を特定するつもりだったの？　やらしい真似《まね》するねー」

「すみません。皆さんそろって驚かれていたので、あまり意味はなかったみたいですね」

零人が呟き、三人がどこかホッとしたような顔をする。

「ですが、おかげで色々と分かりました。どうやらこの事件、迷宮入りは回避できそうですね……」

「それはつまり……」

「犯人が分かったって事？」

「一体、誰なんだ？」

やや緊張した様子で問い掛けてきた三人を見やり、零人はニッと笑みを浮かべた。

「犯人は……」

そこで零人は、懐から小型のＬＥＤライトを取り出し、その先端を前方に突き出した。

「……あなただ！」

ライトのスイッチを入れ、とある人物の顔を照らし出す。

まぶしさに顔をしかめたのは――アシスタントのチーフを務める男だった。

「い、いや、何を言っているんだ!?　俺は先生を殺してなんか……」

「いいえ、あなたですよ。本棚を動かしてもらった時の反応で分かりました」

「そ、そんな馬鹿な！　俺以外の二人だって驚いていたじゃないか！　壁にこんな穴が開いていたら驚いて当然だろ!?」

「その通りですが、そこじゃないんですよ。僕が見ていたのは」

「えっ？」

戸惑うチーフに、零人は冷静に語った。

「まず、一つ目。『本棚の前に移動してください』と言って、誰がどの本棚へ行くのかを見たんです。犯人が動かしたと思われる本棚に、あなたは行かなかった。ちなみに動かしたと思われる棚を選んだのは、女性のアシスタントさんでした」

「えー？　そうだったの？」

「犯人なら、犯行時、実際に動かした本棚は選ばないだろうと思っていました。まあ、あえて選ぶ可能性もありますが、心理的にそれはまずありえないでしょう」

「そ、そんな事で犯人かどうかなんて分かるはずが……」

「二つ目。本棚について僕は嘘《うそ》を言いました。本を抜いて軽くしてあったと。本を抜いたのはついさっきの事で、事件当時はそのような工作などされていなかったわけですが、それを知っているのは犯人だけでしょう。僕の説明を聞いた他の二人は納得していましたが、あなたはノーリアクションでした。おかしいと思ったのを悟られないようにしていたんでしょうね」

「言いがかりだ！　俺は、そんな不自然な工作をするかな、と思っただけで……」

「そこで三つ目です。本を抜いてあると説明する前、本棚を動かした時。他の二人は本棚を持ち上げようとして、意外と軽かったので驚いていました。あなたは、本棚をひょいと軽く持ち上げてしまい、ギョッとしていましたね。固定されていたはずの本棚が動いたので驚いたのでしょう？」

「い、いや、それは軽すぎて驚いただけだ！　他の二人とそう変わらない反応だろ!?」

「さらに四つ目。壁に穴が開いているのを見て驚いたのに、懸命に平静を装おうとしていましたね。他の二人は普通に驚いていたのに」

「そ、それは下手に反応したら疑われるんじゃないかと思って、なるべく表情に出さないようにしたんだ！」

「そこは普通に驚くのが正解だったんですよ。壁に穴が開いているのを見て驚かないようにしている、というのは、実際に穴を開けた犯人らしいリアクションだと思いませんか？」

チーフは動揺していたが、認めるつもりはない様子だった。

「ば、馬鹿馬鹿しい。そんな細かい反応を見て犯人だと決め付けるのか？　証拠はなにもないじゃないか」

「証拠ですか。実は、犯人を特定できる証拠ならあるんですが……」

「えっ？」

そこで零人は、部屋の中央にある椅子を指して呟いた。

「被害者はこの椅子に座っていて、心臓を撃ち抜かれていました。そして鑑識の結果、二メートル以上離れた位置から発砲された事が分かっています。つまり……」

零人は部屋の南側へ移動し、椅子から三メートルほど離れた位置にあるデスクの前に立った。

右手を銃の形にして腕を伸ばし、銃口に見立てた人差し指の先を、被害者が座っていた椅子に向ける。

「大体、このあたりから犯人は発砲したものと思われます。銃弾は被害者の胸部を貫き、椅子の背もたれを貫通し、北側の壁にめり込んでいました。僕の身長だと、銃口の位置が少し低いかな」

「なるほど。弾道から推測される発射位置で、銃を撃った犯人の身長が特定できるわね」

速水《はやみ》刑事が呟き、零人はうなずいた。

実は、弾道についてはとっくに鑑識の結果が出ていて、それによって容疑者は絞られていたのだ。

密室の謎が解けなかったために手が出せないでいたのだが、それが解けた以上、もはや遠慮をする必要はない。

「アシスタントの女性は僕より背が低いので彼女じゃない。逆に同期の漫画家さんは背が高すぎる。さて、アシスタントのチーフさん。ちょっとここに立って構えてみせてくれませんか？」

「い、いや、待て！　身長が低いのなら台かなにかの上に乗れば発射位置を高くできるし、身長が高いのなら腕を下げて撃てば低くできるだろ！　つまり発射位置なんかいくらでも変えられるはずだぞ！」

「その通りですが、あなたの身長で撃った場合とピッタリ同じに調整するのは難しいと思いませんか？　というか、そんな事をする必要があるのでしょうか」

「そ、それは……お、俺に罪を擦《なす》り付けるために……」

苦しい言い訳をするチーフに、マリリンが近付き、ローブの袖から金ぴかの回転式拳銃《リボルバー》を取り出した。

「はい、マリリンの銃を貸してあげるよ！　構えてみて！」

「えっ……？」

マリリンから銃を受け取り、チーフは困惑顔だった。

というか、マリリンを除く、その場にいる全員が困惑していた。殺人事件の容疑者に銃を渡してどうするという話だ。

皆の反応などお構いなしで、マリリンはチーフに指示を出した。

「さあ、標的に銃口を向けて！　両脚は肩幅に開いて、腕は真《ま》っ直《す》ぐ、右腕で構えて、左手で支える感じでね！」

「い、いや、あの……これって本物の銃なのか……？」

「もちろん本物だよ！　ほら、もっとしっかり狙って！　被害者の心臓を撃ち抜いたんでしょ？　その時の事を思い出して！」

「だ、だから、俺はやってないと……お、おい、よせ！」

戸惑うチーフに構わず、マリリンは彼に握らせた銃の銃身に手を添え、狙いを付けさせた。

撃鉄を起こさせ、引き金を引くように指示を出す。

「よし、ここだ！　ファイヤー！」

「ううっ……！」

回転式拳銃《リボルバー》が火を噴き、椅子に命中、貫通した弾丸が、背後にある壁にめり込む。

弾丸は椅子に開いていた穴を正確に貫き、壁にあった弾痕に寸分違《たが》わずめり込んでいた。

ちなみに犯行時の弾丸は摘出済みだ。

皆が驚く中、マリリンはニッコリと笑って告げた。

「弾道検査はばっちりだね！　このおじさんが撃ったと見て間違いないよ！」

「ち、違う、俺じゃない！　今のは君が撃たせたんじゃないか！」

「私は標的の位置を正確に狙わせただけだよ？　いくらとぼけても弾道は誤魔化しようがないのさ！」

「くっ、こんな……こんな事で犯人にされてたまるか！　ふざけるなあ！」

チーフが叫び、銃口をマリリンの顔に向ける。

速水刑事が銃を抜こうとしたが、チーフはそれを制した。

「動くな！　この子を撃つぞ！」

「くっ……！」

撃鉄を起こし、銃身をブルブルと震わせながら、チーフは叫んだ。

「俺は犯人じゃない！　弾道がなんだっていうんだ！　俺と同じ身長の人間なんていくらでもいるだろ！」

「しかし、容疑者の中で条件に当てはまるのはあなただけなんですが……」

「うるさい！　俺を犯人にしようとしても無駄だぞ！　絶対に認めないからな！」

チーフが興奮状態にあるのを見やり、零人《れいと》は冷や汗をかいた。

下手に刺激するとマリリンを撃ってしまうかもしれない。それだけは防がなければ。

マリリンはというと、額に銃口を向けられているにもかかわらず、冷静というか、キョトンとしていた。

「えっと、これはなんの真似？　マリリンを人質にして逃げるつもりなの？」

「あ、ああ、そうさせてもらおうか。このままだと無理矢理犯人にされてしまいそうだからな」

するとマリリンは、呆《あき》れたように大きなため息をついた。

「あのね、犯人のおじさん。プロの捜査官であるマリリンが、殺人事件の容疑者に、なんの予防策もなく拳銃を手渡したりすると思う?」

「な、なんだって? ま、まさか……」

「その銃、魔法弾を一発しか込めてないよ。当然でしょ?」

「そ、そんな……」

愕然《がくぜん》とした男にすばやく手を伸ばし、マリリンは彼から拳銃を取り返した。

銃口を上に向けて引き金を引き、弾がもう入っていない事を示してみせる。

「残念だったね! もう大人しく罪を認めたらどうかな?」

「い、いいや、認めないぞ! 俺がやったっていう具体的な証拠はなにもないじゃないか! 犯人だと言い張るんなら証拠を出せ、証拠を!」

この期に及んで、まだ罪を認めるつもりのないチーフに、マリリンは頬をふくらませた。

「このおじさんが犯人に決まってるんだから拷問して吐かせようよ!」というマリリンに、速水刑事が「賛成だわ」と呟《つぶや》き、他の皆はドン引きだった。

そこで零人は、チーフに告げた。

「あなたはいつも同じ靴を履いていますよね。当然、事件当日も同じ靴だったのでしょう。ちょっと調べさせてもらってもいいですか？」

「な、なんだ、いきなり。今度は靴の跡でも見付けたっていうのか？　そんなのがあるんならもうとっくに……」

「いいえ、犯行時ここに入る時は靴を脱いだのでしょうし、室内に靴の跡などはありませんでした。しかし、出る時は靴を履いて出たはずです」

「だ、だから、なんだ？　壁の外に靴跡があったとしても抜け穴を通ったという証拠には……」

「靴跡じゃなくて、靴そのものが証拠なんですよ」

「えっ？」

「壁に穴を開けるのは大変な作業だったでしょう。ドリルやハンマーなどを使ったと思われますが、砕いたコンクリートの欠片《かけら》が壁の内側と外側に飛び散ったはずです。もちろん徹底的に掃除をしておいたのでしょうが、わずかな欠片の残りが本棚の下にありました」

「そ、それがどうしたんだよ」

「開いた穴から外に出る時や、外から壁をセメントでふさいでいる時などに、砕いたコンクリート片を踏んでしまったんじゃないかと思うんです。それが靴の裏に残っていたとしたら……証拠になると思いませんか？」

「ば、馬鹿な。あれからもう数か月経《た》っているんだし、そんなのが残っているわけが……」

「あっ、あったよ！」

「!?」

声を上げたのはマリリンだった。

離れの入り口に脱いであったチーフの靴を裏返し、大きな虫眼鏡を使って靴底を観察している。

「それらしい欠片が結構たくさん、靴底の溝に挟まってるよ！　このうちのどれかが壁のコンクリとまったく同じ成分だったとしたら……」

「壁に穴を開けた犯人という事で間違いないでしょうね。なにか反論はありますか？」

「うっ、ううっ……」

ようやく観念したのか、チーフはガックリと肩を落とし、その場にうずくまってしまった。

速水がチーフに手錠を掛け、警察本部に連絡を入れる。

やはりチーフは、気分屋でマイペースな漫画家に振り回され続けていた事に嫌気が差していたらしい。

漫画家にアシスタントを辞めさせてほしいと告げたところ、もしも辞めたらこの業界で働けないようにしてやると脅され、殺害する決意をしたのだとか。

密室のトリックについては、以前から考えていたらしい。チーフは建築現場でセメントを扱う仕事をしていた事があり、壁の補修などはお手のものだったとか。

話を聞いた同期の漫画家は、悲しそうにポツリと呟いた。

「いくらヒット作家でも、やつにそんな権限はなかったよ。単なる苦し紛れの脅しを真に受けてしまったんだな」

「そ、そんな……」

それを聞いたチーフは愕然としていた。要するに漫画家を殺す必要などなかったという事か。

「一つ分からないのですが……なぜ、自殺に見せかける工作をしなかったんですか？　明らかに他殺という状態にしたのはなぜです？」

「それは、その方がミステリアスでインパクトがあるんじゃないかと思ったんだ。人気漫画家の最期を飾るのにはそのぐらいの話題性が必要じゃないかと……」

「くだらない理由ですね。人の命を奪っておいて話題性もなにもないでしょう。あなたにはクリエイターを名乗る資格などない、ただの人殺しですよ」

「う、ううっ……」

漫画家が死んでしまった事により、連載中だった人気作品は未完で終わってしまった。

なんとも後味の悪い事件であった。

さて、密室の謎が解けなかったために少々手こずってしまったが、これでようやく事件は解決した。

胸のつかえが下りたような気がして、零人は晴れやかな気分だった。

そこでマリリンが問い掛けてくる。

「ところで零人、魔法はどうなったの？　使えるって言ったよね」

「それならさっき、使ってみせたじゃないか。犯人を当てる時、ライトで照らしただろ？」

「あれのどこが魔法なの!?　さては魔法を馬鹿にしてるな！　魔法使い侮辱罪で逮捕してやる！」

「馬鹿にしているわけじゃないさ。魔法なんてあるわけない、と思っているだけで」

「まだ信じてないの!?　どんだけひねくれてるんだよ！　かわいそう！」

「ほっといてくれ」

ワーワーと囃《はや》し立てるマリリンに、零人はため息をついた。

魔法を信じるつもりはないが……マリリンのおかげで密室の謎が解け、犯人を追い込む事ができたのは事実だ。

彼女の協力がなかったら、この事件は本当に迷宮入りしていたのかもしれない。そう思うとゾッとした。

事件を解決できない事が恐ろしいのではない。殺人を犯した人間が野放しになる事が恐ろしいのだ。

「こうなったら今度こそ神聖系極大攻撃魔法を食らわせてあげるよ！」などと物騒な事を言っているマリリンに、零人は落ち着いた口調で告げた。

「おかげで助かったよ。ありがとう」

「ええっ!?　急にどうしたの？　頭でも打った？　それともお腹《なか》痛いの？」

「別に体調不良で意味不明な事を言っているわけじゃない。今回の事件を解決できたのは君のおかげだ。礼を言わせてくれ」

するとマリリンは頬を染め、零人から目をそらしながら、胸を張って言った。

「ま、まあ、いいって事よ！　事件を解決するのは捜査官の務めだし！　せいぜい恩に着るがいいよ！」

「すごく恩着せがましいが、ありがとう。君の魔法はよく分からないが、勘の鋭さと行動力は大したものだと思う」

「零人も割といけてると思うよ！　魔法も使わないで犯人を当てたり追い込んだりするなんてすごいよ！　さすがのマリリンも感心しちゃうよ！」

「そ、そうなのか？　それはどうも……」

おかしなほめられ方をされ、零人はちょっとだけ照れてしまった。

魔法を使って犯人を当てるのが当たり前のマリリンからすれば、魔法が使えないのに犯人を当ててみせる零人は不思議な存在だという事なのか。

魔法の存在を信じていない零人からすれば、魔法を使えると言い張る事自体がどうかしているとしか思えないが。

「魔法は信じられないが、君の事は信じてもいい気がしているよ」

「頭が固いなあ！　そこはマリリンを信じるついでに魔法も信じてよ！」

「それとこれとは別だよ」

「えーっ？」


どちらもお互いの事を信じきっているわけではない。

だが、信頼しつつあるのは確かだった。

魔法警察の捜査官と高校生探偵という、まるで異なる立場にある二人だったが、よいバディ関係になりつつあったのだった。

第4章 赤い宝石盗難事件／怪盗レザービーの挑戦

迷渕零人《まよいぶちれいと》の数少ない欠点の一つ。それは朝に弱い事だった。

そのため、朝はギリギリまで寝ている事が多く、朝食をとらずに登校する事も少なくない。

「んー……」

ところがその日の朝に限っては、かなり早めに起きてしまった。それというのも、家の中で何か物音がしたような気がしたのだ。

たぶん気のせいだろうと思い、寝直そうとした零人だったが、ドスンバタンと大きな音が聞こえてきて、無視するわけにはいかなくなった。

――猫でも入り込んだのか。まさか、泥棒か？

眠気が吹き飛び、冷や汗をかく。何か武器はないかと思い、部屋の中を見回す。木刀でもあればよかったのだが、使えそうな物は何もなかった。

仕方なくスマートフォンを手に取り、いつでも警察に通報できる状態にしておき、二階にある部屋から出る。音を立てないように注意しながら、そろそろと階段を下りて一階へ向かう。

物音はダイニングから聞こえてきていた。零人はダイニングの入り口からのぞき込み、中の様子をうかがってみた。

「ふんふんふーん」

そこにいたのは、金色に輝く長い髪をした、小柄な少女だった。

零人の姿に気付くと、マリリンはニパッと笑って挨拶してきた。

「やあ、おはよう、迷渕零人！　お邪魔してるよ！」

「あ、ああ、おはよう。……って、違う！　なぜ君がここにいるんだ!?」

マリリンは特に慌てる様子もなく、のんきに答えた。

「一人暮らしをしているかわいそうな助手に朝ご飯を食べさせてあげようと思って。上司の思いやりだよ！」

「余計なお世話だ。それに何度も言うが僕は君の助手になった覚えはない……！」

「まあまあ、細かい事は気にしないで。ほら、美味《おい》しいパンケーキが焼けたよ！」

ダイニングのテーブルにはお皿が並び、二人分の朝食が用意されていた。

皿の上に焼きたてのパンケーキが二枚重ねで載せられ、上に載ったバターの塊が溶けていい匂いをさせている。

「……」

色々と言いたい事はあったが、焼きたてのパンケーキはとても美味しそうだった。

仕方なく零人は椅子を引き、テーブルに着いた。マリリンが向かいの席に座り、笑顔で言う。

「いただきまーす！　零人も召し上がれ！」

「……いただきます」

マリリンはパンケーキにメープルシロップをダバダバとかけ、切り分けずにフォークを突き刺して一枚を丸ごと食べていた。

零人は適当なサイズにナイフで切り、シロップを適量かけて口に運んだ。一口食べてみて、ハッとする。

「……うまいな」

「でしょー？　マリリンが作るパンケーキは魔法警察の部下にも好評なんだよ！」

熱々のパンケーキが舌の上で溶けていき、程良い甘さが口の中に広がっていく。予想していたよりもはるかに美味で、零人は驚いてしまった。ニコニコしながらパンケーキを頬張っているマリリンを見やり、複雑な気分になる。

勝手に人の家に入り込んできて、なんて非常識なヤツだと思ったが、なんだか怒れなくなってしまう。

誰かと一緒に朝食を食べるのは本当に久しぶりだった。そしてそれは、決して悪い気分ではなかった。

「君にこんな特技があるなんて、かなり意外だな……」

「ふふふ、女の顔は一つじゃないんだよ、探偵君！」

「……」

口の周りにシロップをベチャベチャと付けまくって悪女っぽく呟《つぶや》くマリリンに、零人はあきれるばかりだった。

「そう言えば、どうやって家に入ったんだ？　戸締りはしてあったはずなのに」

「魔法で鍵を開けたんだよ！　魔法警察の捜査官には朝飯前さ！」

「不法侵入じゃないか……僕が通報したら普通に逮捕されるぞ？」

「されないよ！　人間界のポリスメンごとき、マリリンの敵じゃないから！」

「ポリスメンって……君もそのポリスメンじゃないのか？」

「あはは、上手《うま》い事言うね！　逮捕しちゃうぞ！」

「なぜ僕が逮捕されるんだ!?　意味が分からない……」

朝食を終えた零人は顔を洗い、登校の準備を行った。

マリリンはリビングでテレビを観《み》ていて、自分の家のようにくつろいでいたが、不意に素っ頓狂な声を上げた。

「あっ、もうこんな時間だ！　急がなきゃ！」

「なにか用事でもあるのか？」

「こう見えても忙しいんだよ！　朝はパトロールに出掛けなきゃいけないし、こっちの世界の情報集めもしなくちゃいけないから……そんなわけで、もう行くね！　バイバーイ！」

「あ、ああ。お疲れ様」

笑顔で手を振り、マリリンは帰っていった。

随分と忙《せわ》しないが、どこへ帰るのだろう。まさか魔法の国から通っているわけではないだろうし、市内のどこかに住居を確保しているのか。

やはり彼女は謎だらけの存在だ。テレビ局が用意したタレントではないとすると、本当は何者なのだろうか。


登校の準備を整えた零人が自宅を出ると、丁度、隣の家から森野真理《もりのまり》が出てきていた。

零人に気付くなり、真理はニッコリと微笑《ほほえ》み、挨拶をしてくる。

「おはようございます、迷渕君」

「お、おはよう、森野さん」

清楚可憐《せいそかれん》な美少女である真理から笑顔で挨拶をされ、さしもの零人もドキッとしてしまった。

真理が隣に並び、二人で学校へ向かう。

こういうのも悪くないな、と思い、零人がいい気分に浸っていると、不意に真理が話し掛けてきた。

「そうそう、これ、もう見ました？」

「!? そ、それはまさか……」

真理が笑顔で差し出してきた新聞を目にして、零人は顔を引きつらせた。

おそるおそる新聞を受け取り、一面トップの記事を見てみる。

『またまたお手柄、ファンシー☆マリリン！　未解決事件を華麗に解決！』

過剰な煽《あお》り文句《もんく》に、笑顔で決めポーズを取ったマリリンの写真が掲載されている。『事件を解決できずにいた高校生探偵もちょっぴり活躍』と書いてあるのを見て、零人はこめかみをピクピクさせた。

「またマリリンを持ち上げる記事か……新聞社とグルなんじゃないだろうな……」

「それは考えすぎじゃないですか？　ほら、迷渕君の事もほめているみたいですよ」

「なになに……『彼は魔法が使えないのに犯人が誰なのか当てる事ができる超すごいヤツだよ！　魔法警察のD級捜査官に任命してあげてもいいかも！』とマリリンは語る……相変わらず上から目線だが、一応、僕の事を評価しているのか？」

「よかったですね。これって名誉な事なんじゃないですか？」

「そうだね……」

零人としては微妙な評価だが、実力を認められているのなら悪くはないのかもしれない。

マリリンはS級捜査官を名乗っているのに零人はD級捜査官扱いというのはちょっぴりむかつくが。

「迷渕君は、まだマリリンの事を疑っているんですか？」

真理に問われ、零人は少し考えてから答えた。

「怪しんではいるけど、彼女が事件解決のために活動しているのは間違いないと思う。そういう意味では信じているよ」

「なるほど。では、そろそろ助手にしてもらうわけですか？」

「それは嫌だよ！　なんで僕があんなよく分からない存在の下に付かなきゃいけないいんだ……」

「ですが、マリリンは魔法警察の中でもそれなりの地位にあるみたいですし。部下にしてもらうのも悪くはないんじゃないですか？」

「魔法の国や魔法警察が実在するっていう証拠でもあれば認めてあげてもいいけどね。彼女の話を鵜《う》呑《の》みにはできないな」

「……やはりお堅いですね、迷渕君は。真面目なのは長所だと思いますが……」

真理がクスクスと笑い、零人はちょっとだけ恥ずかしくなった。

学校に到着後、教室に入り、席に着くと、小宮楓《こみやかえで》が声を掛けてきた。

「おはよ、迷渕。ねえねえ、ニュース見た？」

またマリリンのニュースだろうか。零人が「見たくないから見てない」と言うと、楓は苦笑した。

「そっちじゃないって。ほら、こっちのニュースよ」

「？」

楓がスマートフォンを差し出してきて、零人は画面を見てみた。

そこにはヤホーのネットニュースが表示されていた。記事の見出しを見て、零人は眉をひそめた。

「『怪盗レザービー、闇夜を駆け抜ける現代の義賊？』だと……ああ、少し前から話題になっている泥棒か」

それなら零人も知っている。半年ぐらい前から活動している窃盗犯だ。

怪盗レザービー。ブラックレザーのスーツに身を包んだ、謎の女怪盗。あくどい金持ちからしか盗まない事から義賊などと呼ばれているらしいが、要は泥棒だろう。

「なにが義賊だ。悪党からなら盗んでもいいなんてルールはこの世に存在しない……！」

「厳しいね。でもさ、いい気になってる成金の金持ちがお宝を盗まれてへこんでたら、ちょっと愉快じゃない？」

「それは分からないでもないが、そんなのは正義じゃない。僕は怪盗なんか認めないぞ」

零人《れいと》の意見に楓が苦笑していると、真理が割り込んできた。

「迷渕《まよいぶち》君の言う通りですよ。怪盗なんて言っても所詮はただの泥棒じゃないですか」

「森野さんも迷渕と同じ意見なんだ？」

「そうですね。やはり人の物を平気で盗むような人は好きになれないというか……よくないと思います」

真理が同意してくれたので、零人はうれしくなった。

楓は、怪盗に対してやや肯定的であるようだった。

「窃盗犯ってのはあれだけど、悪党からしか盗まないってのはちょっと格好いいかも」

「そういう風にマスコミが持ち上げているだけだろう。盗んだ品物を売りさばいているのだとしたら、ただの悪党だし。騙《だま》されないようにしないと」

「ほんと、迷渕は犯罪者に厳しいよね。じゃあ、被害者が悪党でもそっちの味方をして、怪盗を捕まえちゃうんだ？」

「悪党の味方なんかするつもりはないよ。僕は犯罪者を追い詰めるだけさ」

すると真理がニコッと笑って、零人の手を取った。

「とてもよい考え方だと思います。さすがは警察が一目置く名探偵さんですね！」

「そ、そうかな？　まあ、僕は常識的な意見を述べただけで……」

「被害者だろうが加害者だろうが、犯罪者はもれなく追い込んで罪を償わせる……まさに正義ですよね！」

真理は零人の右手を両手で包み込むように握り締め、大きな瞳をキラキラさせながら至近距離から見つめてきた。

さしもの零人も照れてしまい、目を泳がせた。楓がムッとして、割り込んでくる。

「正義もいいけどさ。神出鬼没の怪盗が相手じゃ、さすがの迷渕も苦戦しそうだよね」

「うーん、そうだな……対決する機会があれば、捕まえてやりたいとは思うけど……確かに手強《てごわ》そうな相手ではあるな」

すると真理が、ニコッと笑って言った。

「大丈夫ですよ。迷渕君にはとても頼りになる味方が……魔法警察のマリリンがいるじゃないですか。彼女と力を合わせれば怪盗なんてあっと言う間に捕まえちゃうんじゃないですか？」

「マ、マリリンと僕が共闘して怪盗と対決を？　そんなの考えもしなかったけど……」

零人はマリリンの魔法を信じてはいないが、彼女の勘の鋭さや行動力は評価している。

確かに、彼女なら、噂《うわさ》の怪盗レザービーといい勝負をするのかもしれない。

ちなみに零人は頭脳派であって、体力勝負や身体能力勝負は苦手としている。身体能力がずば抜けて高いと噂のレザービーが相手では、苦戦を強いられるのは必至だろう。

「あれ、迷渕って、マリリンの事は全面否定じゃなかったっけ？　いつの間に評価を変えちゃったの？」

「色々あったからね。彼女には怪しい要素がありすぎて信じられそうな部分を探すのも一苦労だけど……少なくとも悪党ではないし、正義を守りたいという考えも嘘《うそ》じゃないと思う。敵対するよりは友好関係を結んでいた方がいいかもしれない」

零人の考えを聞き、楓は感心したようにうなずき、真理はニコニコしていた。

「さすがは迷渕君、とても柔軟な考え方ですよね。すごくいいと思いますよ」

「そ、そうかな？　まあ、捜査をする側の人間同士でいがみ合っていても仕方がないしね」

「大人っぽい対応ですね。素敵です」

笑顔の真理にほめてもらい、零人は照れてしまった。

楓がムッとして、肘で零人を小突いてくる。

「なにデレデレしてんのよ？　しっかりしろ、名探偵！」

「い、いや、別にデレデレしてなんか……いてっ、痛いぞ!?　ツッコミにしては強すぎないか？　やめてくれ！」

「ふん」

一際強く肘を打ち込んでから、楓は小突くのをやめてくれた。

打たれた脇腹を押さえて顔をしかめながら、零人は呟《つぶや》いた。

「と、ともかく、僕は怪盗の存在なんか認めないし、それはたぶんマリリンも同じだと思う。今後も怪盗が犯行を重ねるようなら、マリリンと協力し合ってでも、必ず捕まえてやるさ」

「うんうん、いいですね。活躍を期待していますよ、迷渕君」

「ま、あたしも応援はするけどね。がんばりなよ、迷渕。あんたなら神出鬼没の怪盗にだって勝てそうな気がするし」

「ありがとう。僕なりにがんばってみるよ」

真理と楓から応援してもらい、零人は笑顔でうなずいてみせた。

怪盗などと対決するのは初めてのケースだ。ちょっと緊張してしまうが、楽しみでもあった。

なんだかいかにも探偵っぽいではないか。また一つ、探偵としてレベルアップしたような気がする零人であった。


その日の夜、零人の所に速水《はやみ》刑事からの事件発生を知らせるメールが届いた。

またしても怪盗レザービーが出たらしい。窃盗事件なので捜査一課の担当ではないが、零人が興味を持っているのではと考えて知らせてくれたようだ。

自宅を出た零人が、最寄りのバス停へと急いでいると、どこからかピンク色の車が走ってきて、真横で停車した。

それはマリリンのマホウカーだった。どうやらマリリンも警察無線を傍受して事件を知ったようだ。

マリリンに乗るように言われ、零人は助手席に乗り込んだ。

「飛ばすよ！　世間を騒がす怪盗め、魔法警察が逮捕してやる！」

怪盗について知っているらしく、マリリンは張りきっていた。猛スピードでマホウカーを走らせ、事件現場へと急ぐ。

「この車、警察に没収されたんじゃなかったのか？」

「魔法で解決したよ！　人間界の警察なんてチョロいもんさ！」

「警察官の台詞《せりふ》とは思えないな……」

現場は郊外に建つ豪邸で、沢山のパトカーが詰めかけていた。

覆面パトカーに乗った速水刑事が待っていて、零人が姿を見せると車から降りてきた。

「来たわね、迷渕君。あれ、マリリンも一緒なの？」

「え、ええ、まあ。途中で乗せてもらったんです」

「ふーん……ま、いいけど」

ちっともよくないという顔で速水はマリリンをにらんでいた。相変わらず嫌っているようだ。

速水に連れられ、零人は現場に入った。マリリンも付いてくる。

眼鏡を掛けた目付きの鋭い女刑事が現場検証を行っていて、速水刑事を見るなり眉をひそめていた。

「速水じゃないの。一課の人間がなんで来たのよ?」

「警ら中に事件発生の無線が入ってね。手伝える事はないかと思って」

「それはご苦労さん。おや、そっちは探偵少年じゃないの」

「ど、どうも。迷渕零人です」

「捜査三課の渕上《ふちがみ》よ。速水とは同期なの。よろしくね」

渕上刑事はニコッと微笑《ほほえ》み、零人と握手を交わした。零人の事は知っているようで、割と友好的な態度だった。

「で、そっちは……最近、話題になってる魔法警察の子か」

「こんばんは！　魔法警察のマリリンだよ！　よろしくね！」

「よ、よろしく。はあ、実物は写真より派手だねー」

マリリンの方から手を差し出してきて、渕上は戸惑いながら握手を交わした。

速水が事件について尋ねると、渕上は手にしたペンで頭をかきながら説明した。

「この家の主人が自宅に保管していた宝石が盗まれたそうよ。予告状が届いていたらしいんだけど、どうせ悪戯《いたずら》だろうと思って警察には知らせなかったんだって」

「宝石か。いくらぐらいの？」

「『血塗られた赤い瞳《ブラッディルビー》』とかいうでっかいルビーらしいわ。時価数億円は下らないそうよ」

「数億円？　それはまた、すごいわね……」

屋敷の奥に展示室があり、盗まれた宝石はガラスケースに収めてあったという。招待した人間に見せびらかすために展示室を作ったそうだ。

屋敷の屋内外には厳重なセキュリティシステムを施してあり、盗まれるはずなどないと安心しきっていたらしい。

「例の怪盗に狙われたという事は、ここの主人も悪党なの？」

「ええ。業界では有名な激安ディスカウントストアを経営していて、かなり汚い金儲《かねもう》けをしていたらしいわ。恨んでいる同業者や納入業者は多いそうよ」

屋敷の主人だという初老の男は、趣味の悪い派手なガウンを着ていて、ソファに腰を下ろしてうなだれていた。

マリリンが男に近付き、声を掛ける。

「やあ、こんばんは！　おじさんが怪盗に宝石を盗まれた悪徳業者なの？」

「ああ、そうだ……値切りまくって仕入れた粗悪な商品を間抜けな貧乏人どもに売りさばいて稼ぎまくっている。従業員はみんなバイトで、安い時給で長時間こき使っている……」

「それでこんな豪邸に住んでるんだ。宝石を盗まれて残念だったね！　犯人の顔は見た？」

「いや、マスクを被《かぶ》っていたので顔は……だが、ピチピチのスーツを着ていて、すごいグラマーだったな……愛人に欲しいと思う」

「宝石を盗まれたのに懲りてないね！　金と欲にまみれているよ！」

「世の中、金と女だよ。闇ルートの業者から値切りに値切って手に入れた宝石なのに……盗むなら裸ぐらい見せて欲しかった……」

マリリンはニコッと微笑み、テケテケと走って零人達《たち》の所へ戻ってきた。

「被害者はクズ野郎みたいだよ！　叩《たた》けばいくらでも埃《ほこり》が出そう！　ざまあみろって感じだね！」

「そ、そうか。レザービーが悪党からしか盗まないというのは事実らしいな」

だが、悪党だからと言って盗んでいいわけがない。悪党の上前をはねる者もまた悪党だ。

怪盗が侵入する際に、屋敷のセキュリティは全て破られていた。宝石をガラスケースから取り出す際に警報が鳴り、主人が駆け付けたところ、そこには宝石を手にした怪盗の姿があったという。

主人は怪盗を捕らえようとしたが、何か針のような物で刺されて意識を失ったらしい。気が付いた時には怪盗の姿はなく、蜂のマークが記されたカードのみが残されていたという。

「これがレザービーのカードよ」

渕上がカードを見せてくれた。トランプカードぐらいの大きさで、蜂のマークが記されている。

『血塗られた赤い瞳《ブラッディルビー》はいただいていきます。レザービー』か。文字は手書きではなく印刷されたものですね」

「パソコンとプリンターがあれば誰でも作成できるでしょうね。カードから犯人を割り出すのは難しそう」

カードをしげしげと眺め、零人《れいと》はうなった。使用されている用紙やプリンターの種類は調べれば分かるだろうが、よほど特殊な物でも使っていない限り、犯人に繋《つな》がる手がかりにはならないだろう。

主人から詳しい話を聞き、レザービーの姿については分かったが、それはこれまでの事件で目撃されたものと同じなのだそうだ。

長身の女性で、身体《からだ》にピッタリフィットした黒いレザースーツらしきものを身に着けていて、顔には口元だけを露出したマスクを被っている。麻酔針のような物を使って目撃者

代半ばと思われる。

プロポーションはかなりよく、相当なグラマーらしい。推定年齢は二〇代前半から三〇代半ばと思われる。

毛髪や皮膚の一部などはまったく採取されていない。無論、指紋も。

「ほんと、厄介な相手よね。マスコミが義賊扱いするもんだからファンまでいる始末だし……犯人を特定できそうな証拠は何も残っていないし、マスクを引っぺがすぐらいしないと捕まえるのは無理かな……」

渕上はかなり参っている様子だった。怪盗事件などに関わるのはレザービーが初めてなので対処に困っているらしい。

そこでマリリンが、薄い胸を張って言う。

「私に任せて！　直接会う事ができれば、魔法で捕まえちゃうよ！」

「それは頼もしいな。予告状が届いたという知らせがあれば怪盗と対決できるかも……その時は協力してもらえる？」

「もちろん！　魔法警察は協力を惜しまないよ！」

自信満々のマリリンに渕上は笑みを浮かべ、速水は顔をしかめていた。

零人はため息をつき、まだ見ぬ怪盗の姿を想像して、うなったのだった。

その翌日。学校にて、休み時間。

零人が廊下を歩いていると、荷物を運んでいる担任の姿を見掛けた。

担任の八崎文《はちざきふみ》は山のように積み上げたファイルを抱え込み、よろめきながら歩いていた。

「先生。手伝いますよ」

「迷渕《まよいぶち》君？　ごめんなさい、お願いできる？」

零人が半分以上のファイルを受け取り、文はほっとした様子だった。

資料室まで運ぶところだったと聞き、零人はファイルを抱えて文と並んで歩いた。

「助かるわ。一人で運べると思ったんだけど、意外と重くて」

文は女性の割に背が高く、零人と同じぐらいの身長をしている。

やはり女性なのであまり腕力はないのか。零人はさり気なく文を観察し、改めて彼女の体格を確認した。

地味なスーツ姿だが、プロポーションはいい。胸は大きくふくらみ、腰の位置は高く、脚も長い。

緩やかにウェーブした長い髪をアップでまとめていて、野暮ったい眼鏡を掛けているが、かなりの美人だ。髪を下ろし、眼鏡をやめてコンタクトにしたら人気が出るのではないだろうか。

「……またジロジロ見てる。それ、癖なの？」

「えっ？　あ、ああ、すみません、つい……」

人間観察は探偵の基本だ。さり気なく見ていたつもりだが、気付かれていたらしい。

零人が謝ると、文は呆《あき》れたようにため息をついた。

「探偵の真似事《まねごと》なんかしているからでしょうけど、気を付けなさい。勘違いされますよ」

「すみません。失礼ですよね」

「最初は驚いちゃったわ。さては女教師に並々ならぬ興味があるんじゃないのかと……」

「そ、そんな風に思われてたんですか？」

「もしくは、私みたいな地味な女がタイプなのかな？　と思ったんだけど。そういうわけじゃないみたいね」

からかうように言われ、零人は赤面した。

「ち、違いますよ。ああいや、先生が嫌いとかそういう事じゃなくて……」

「分かってますよ。普段から人間観察を行って、観察眼を磨いているだけなんでしょう？　さすがは探偵さんね」

「え、ええ。すみません……」

「それで、観察の結果はどうなの？　先生のスリーサイズとか分かっちゃったかな？」

「か、からかわないでくださいよ。参ったな……」

顔を赤くした零人に、文がクスッと笑う。意外と茶目っ気もあるんだな、と思いつつ、零人は呟《つぶや》いた。

「スリーサイズはさておき、先生があえて地味な感じを装っているのは分かりますよ」

「えっ？　そ、そう？」

「髪型やメイクを地味にして、野暮ったいデザインの眼鏡を選んでいる。身体のラインが目立たない、やや大きめの衣服を身に着けるようにしているようですし。よほど目立つのが嫌いみたいですね」

「え、ええ、まあ……よく見てるわね……」

文が眼鏡の奥にある目を細めたのに気付き、零人は冷や汗をかいた。

「す、すみません、つい。そんなの余計なお世話ですよね。失礼しました……」

「ううん、いいのよ。あなたの言う通り、私は目立つのが嫌いなの。誰にも言わないでくれるとうれしいな」

「もちろんです。先生のプライバシーを侵害するような真似はしません」

キリリと表情を引き締め、真顔で答えた零人を見やり、文はクスッと笑った。

「ふふ、本当に真面目よね、迷渕君は。あなたみたいな人がいてくれるとほっとするわ。世の中には嫌な人間が多すぎるものね」

「い、いや、僕なんか……先生だって真面目でいい人じゃないですか」

「さて、それはどうかな？　女の顔は一つじゃないのよ、探偵さん」

悪戯っぽい笑みを浮かべて呟く文に、零人はドキッとした。

つい最近、別人から同じ台詞《せりふ》を聞いたのを思い出す。人によってここまで印象が異なるものなのか。

「なんてね。教師が生徒に言う台詞じゃなかったかな？　誰にも言わないでね」

「あっ、はい。秘密にしておきます」

「ふふっ、ありがとう」

担任の意外な一面を知る事ができて、零人は少しいい気分になった。

資料室まで荷物を運び、文と別れて教室に戻ろうとしていると、物陰から少女が飛び出してきた。

「えいっ！」

「うわっ、危なっ！」

頭から突進してきた少女をかわし、冷や汗をかく。

少女は長い黒髪をなびかせてクルッと反転し、零人と向き合った。

「ふっ、よくぞかわしましたね。成長したじゃないですか、迷渕君」

「も、森野《もりの》さん？　今のは明らかに故意だよね。なぜこんな真似を……」

真理《まり》は悪びれる様子もなく、すまし顔で零人に告げた。

「迷渕君が悪いんですよ。怪盗について話し合おうと思ったのに、私をほったらかして先生と密会したりしてるから」

「荷物を運ぶのを手伝ってただけだから！　誤解を招くような言い方をしないでくれ！」

「怪しいものです。女性の刑事さんともメールでやり取りしてるみたいだし。さては年上の女性が好みなんですか？」

「根拠もなく印象だけで決め付けないでくれ。確たる証拠を提示しない限り、僕は認めないぞ」

　零人が真顔で反論すると、真理はクスッと笑った。

「冗談ですよ。真面目に捉えないでください」

「うっ……」

　他人からよく「冗談が通じないヤツ」と言われるのを思い出し、零人はうなった。

　そんなつもりはないというか、ジョークぐらい分かる人間だと自分では思っているのだが。

「小宮《こみや》さんもどちらかと言えば大人っぽい感じの人ですし、迷渕君は年上か、もしくは年上っぽい女性が好きなんですか？」

「べ、別にそんなんじゃ……ないと思うけど……」

「そうすると、私はどうなんでしょう？　それほど大人っぽくもないですし、迷渕君の好みからは外れているのでしょうか?」

「ええっ?　い、いや、そんな事は……」

笑顔の真理からおかしな質問をされ、零人は困惑した。

別に年上が好みとか、そういう事はないはずだ。ないと思う。たぶん。

真面目に答えようとして、零人はハッとした。先程と同じく、真理は冗談を言っているのではないのか。

冗談ぐらい分かる事を示すチャンスだと思い、零人は笑みを浮かべ、軽い口調で呟いた。

「ははは、またまたあ。冗談きついなあ」

「なにがおかしいのですか?　ふざけないでください」

「ええっ!?」

真理から真顔で注意され、零人は目を白黒させた。これは行けると思ったのに、正解ではなかったのか。

頭を抱えて悩む零人を見つめ、真理はため息をついた。

「迷渕君は、もしや女性とのやり取りが苦手なのでしょうか?　だとするとまずいかもしれませんね」

「得意ではないと思うけど……マズイってなにが?」

「例の怪盗ですよ。噂《うわさ》では、すごくセクシーな大人の女性らしいじゃないですか。そんな人を相手にして、女性が苦手な迷渕君は冷静でいられるのでしょうか……」

不安そうな真理の呟きに、零人《れいと》はピクッと反応し、表情を引き締めた。

「そんなのは関係ないよ。どんな相手だろうと、ただの犯罪者として対処するだけだ」

「ふふ、さすがですね、迷渕君。たとえ相手が年上のアダルトな美女であっても、クールに追い詰めて捕まえ、生まれてきた事を後悔させてあげるのですね？」

「い、いや、そこまで非情に徹するわけじゃ……普通に捕まえるだけだよ、うん」

「今のは冗談ですよ？」

「今度は冗談だったのか！　見極めが難しいな……」

ガックリとうなだれた零人に、真理は苦笑した。

「でも、大丈夫ですよね。迷渕君には頼りになる味方がいるわけですし」

「頼りになる味方？　それってまさか……」

「もちろん、魔法警察のマリリンです。彼女が一緒なら、怪盗などに遅れは取らないでしょう」

「う、うーん、どうだろ。確かにマリリンには頼りになるところもあるけど、基本的にめちゃくちゃなヤツだしな……」

「おや、迷渕君はマリリンを味方だと思っていないのですか？　年上の美女ではないので好みではないとか？」

「そ、そんなわけないじゃないか！　好みとかそういうのは関係なくて……」

そこで零人はハッとして、真理に尋ねた。

「今のも冗談なんだろ？」

「ふふ、どうでしょう？　半分ぐらいは本気かもしれませんね」

「半分というと？」

「『年上の美女ではないので好みではないとか？』の部分は本気でそう思っています」

「最悪じゃないか！　しかもそれが本気の意見だとすると、さっきから言っている冗談もすべて本気だった事になるよね!?」

「うふふ、冗談に本音を混ぜて問い詰めるのは基本ですよね。はたして、迷渕君は年上好きなのか否か……興味深いです」

「い、いや、僕は本当に年上好きなんかじゃ……そろそろ勘弁してほしいな」

おそらく真理は軽い気持ちでからかっているのだろうが、そういった話題に慣れていない零人には、下手な尋問などよりも答えにくかった。

異性の好みなどと言われてもよく分からない。それでもあえて答えるとすれば、目の前にいる真理のようなタイプが好みなのかもしれないのだが……。

「どうしました、迷渕君。私の顔になにか付いていますか？」

「い、いや、なんでもない。気にしないで」

「？」

探偵の資質を備え、あらゆる犯罪に対してクールに対処するようにしている零人ではあるが、中身はごく普通の高校生である。

美人には弱いし、異性にはそこそこ興味はあるし、年上には弱いし、なんなら同い年や年下にだって弱い。

ハッキリ言ってしまえば、女性全般に弱いのだ。異性である事を意識しないで済む、幼児や高齢者を除いて。

「マリリンは私達《たち》と同年代らしいですけど、彼女の事はどうですか？　異性として意識しちゃいます？」

「うーん、どうかな……かなり幼く見えるし、特に意識はしていないかな」

「そうですかー」

「まあ、かわいいとは思うけどね。人間離れをした美しさを備えているというか、等身大の妖精みたいな感じかな？」

「あのう、迷渕《まよいぶち》君って、もしや……ロリコンではないですよね？」

「ち、違うよ！　それはないから！　誤解しないで！」

必死に否定する零人を、真理は優しげな眼差《まなざ》しで見ていた。

「分かっていますよ。ロリコンではないのですよね？　分かっていますとも」

「ほ、本当に分かってくれているのかな……？」

その日の夜、事件は起こった。怪盗レザービーからの予告状が届いたという通報があったのだ。

速水《はやみ》刑事から知らせを受けた零人は、自宅を出た直後にマリリンのマホウカーと鉢合わせし、助手席に乗せてもらい、現場へと向かった。

「昨日の今日でもう次の予告状を出すとは！　怪盗は調子に乗ってるようだね！」

「ああ。さすがにやりすぎだな。元々予定していたのか、急ぐ理由でもあるのか……」

「警察を馬鹿にしているに違いないよ！　見付け次第、処刑しよう！」

「処刑はやめてくれ。警察が悪者扱いされそうだ」

どういうわけか、いつにも増してマリリンは張りきっていた。空回りしなければいいのだがと思い、零人は少し心配になった。

現場は繁華街の一角に建つ高層ビルの上階だった。イベントスペースで宝石展が開催されていて、イベントの主催者宛てに予告状が届いたらしい。

マホウカーをビルの地下駐車場に停《と》め、マリリンと零人はエレベーターに乗り込み、イベント会場へ向かった。エレベーターを降りて会場があるフロアに出てみると、既に警察が警備網を敷いていて、物々しい雰囲気だった。

宝石展が開かれている会場には、捜査三課の渕上《ふちがみ》刑事や数人の刑事がいた。応援に来たのか、速水刑事までいる。

「来たわね、迷渕君。待っていたわ」

「どうも、速水さん。渕上刑事もお疲れさまです」

「いらっしゃい。魔法警察の子もよく来てくれたね」

「こんばんは！　マリリンが来たからにはもう安心だよ！　今日が怪盗の命日だね！」

「ふふ、頼もしいな。そうね、今日こそは捕まえてやりましょう」

命日、というのが怪盗を逮捕するという意味だと思ったのか、渕上は笑っていた。

マリリンの場合、本気で命日にするつもりかもしれないと思い、零人は顔を引きつらせた。

会場の奥に一際目立つ展示スペースがあり、ボックス状に仕切られ、手前にはロープが引かれていて、大型のガラスケースに収納された大きな宝石が展示されていた。

「これが宝石展の目玉である、『紅蓮の王《キングクリムゾン》』よ」

「『紅蓮の王《キングクリムゾン》』ですか。すごいですね」

キラキラと輝く拳大の赤い宝石を見て、零人はうなった。

先日、盗まれた宝石も大型のルビーだったのを思い出し、考え込んでしまう。これは単なる偶然なのだろうか。それとも、怪盗は故意にルビーを狙っているのか。

「今日の午後、ケースの裏側に予告状が挟まっていたのを警備員が見付けたそうよ」

渕上が説明し、予告状を見せてくれた。『今宵《こよい》、紅蓮の王《キングクリムゾン》をいただきに参上します。怪盗レザービー』と書かれている。

予告状は先日見たカードと同じ大きさで、蜂のマークも同じ。予告状をジッと見つめ、零人はうなった。

「カードのサイズ、マークや印字体も同じ……怪盗からの物と見て間違いなさそうですね」

「そうなんですよぉおおおお！」

「!?」

いきなり大声が上がり、零人はギョッとした。

年齢は二〇代後半から三〇代前半ぐらいか。いくつものアクセサリーを身に着けた、なんだか派手な感じの女性が立っていて、瞳をウルウルさせている。

「こちらは？」

「宝石展を主催している、某有名宝石店の社長さんよ」

渕上が呟《つぶや》き、零人はうなずいた。女社長は今にも泣き出してしまいそうな顔で訴えてきた。

「今回の宝石展のために海外から特別に取り寄せた宝石なのに、それを盗まれたりしたら賠償金はどうなるのか……うちは潰れてしまいますわ！」

「なるほど。借り物の宝石なわけですか」

速水が零人に身を寄せ、小声で囁《ささや》いてくる。

「彼女は前社長の娘で、かなりのやり手らしいわ。傾きかけていた会社を建て直して、派手なイベントを連発して知名度を上げているそうよ。裏では結構強引な真似《まね》もしているらしいわね」

「恨んでいる人間も少なくないと？」

「ええ。否定できないわね」

そこでマリリンが、女社長に声を掛けた。

「泣かないでおばさん！　マリリンが怪盗を捕まえてあげるよ！」

「そ、そう、ありがとう。おばさんはやめてくれないかな？」

「それでおばさんも悪党なの？」

「悪党なんかじゃありません！　ライバル店に嫌がらせをしたり、買い叩《たた》いて手に入れた激安の宝石を売りさばいたりしているだけよ！」

マリリンはニコッと微笑《ほほえ》み、零人に告げた。

「金儲《かねもう》けさえできればモラルなんか知ったこっちゃないみたいだね！　守銭奴の目をしているよ！」

「こ、こら、失礼だぞ。やり手というだけで犯罪者じゃないんだから……」

「叩けば埃《ほこり》が出そう！　怪盗を捕まえたあとで調べた方がいいかも！」

マリリンの言葉に零人は顔を引きつらせ、速水と渕上が容疑者を見るような目を向けると、女社長はサッと顔をそむけた。

零人は改めて会場を見回してみた。警官の姿が目立つが、普通に一般人も見学に来ている。

「イベント中は一般の人も自由に出入りできるんですね」

「ええ。午前一〇時から午後九時までは一般に公開しているそうよ。主催者の希望で終了時間までは現場を閉鎖していないの」

渕上が呟き、女社長がうなずく。

「怪盗からの予告があったからといってイベントを中止するわけにはいきません。せっかく見に来てくださるお客様がいらっしゃるのですから……入場料で儲かるし、というかそれが目的で宝石展を開いたんだし！」

事情は分からないでもないが、危険だとは思わないのか。見学に訪れた客の中に怪盗がまぎれ込んでいたらどうするという話だ。

何気なく見学客の姿を眺めていて、零人はギョッとした。顔見知りの人物が来ていたのだ。

「あら、迷渕君じゃないの。妙な所で会うわね」

それはクラス担任の八崎文《はちざきふみ》だった。学校以外の場所で担任の教師と遭遇し、零人《れいと》は緊張してしまった。

「こ、こんばんは。先生も宝石展を見学に？」

「ええ。買うのは無理でも見るのは楽しいから……クラスのみんなには黙っててね」

「は、はい」

「迷渕君はなぜここに？　宝石に興味があるの？」

「いや、それはその……」

予告状の事を言うわけにもいかず、零人は言葉に詰まった。

文は零人の周りにいる人間を見回し、呟いた。

「もしかして事件なの？」

「え、ええ、まあ。よく分かりますね」

「あなたの友人にしては大人の人ばかりだし、それに……魔法警察の人がいるから」

ショッキングピンクの魔法使い装束をまとったマリリンを見て、文が言う。

考えてみれば当然か。マリリンはニュースで取り上げられているし、どこにいても目立つ姿をしている。彼女がいるという事は何かの事件かと考えるのはごく自然な発想だ。

「あの、先生。事件の事は……」

「分かってます。言い触らしたりしませんよ」

文は速水達に軽く会釈をして、展示されている宝石に目を移した。

「これが宝石展の目玉の『紅蓮の王《キングクリムゾン》』……なるほど、よくできているわね」

しばらく宝石を眺めてから、文は呟いた。

「もしかして、例の怪盗から予告状が届いた、とか？」

速水達が顔色を変え、零人は冷や汗をかいた。

「……鋭いですね。騒ぎになってはまずいんで、黙っていてもらえますか？」

「ふふ、分かっています。でも、気を付けてね。くれぐれも危ない真似はしないように」

「は、はい。ありがとうございます」

邪魔をしては悪いからと言って、文は去っていった。

文を見送り、速水が呟く。

「迷渕君が通っている学校の先生なの？　若い女の先生が担任なんだ」

「あっ、はい。真面目ないい先生ですよ」

「……迷渕君は教師にも人気がありそうね」

「い、いえ、そんな事はないですよ。普通です」

速水は面白くなさそうだった。彼女の反応を見て渕上が苦笑している。

そこでマリリンが笑顔で言う。

「零人は年上にもてるね！　大人っぽい女の人が好みなのかな？」

「お、おい、変な事を言わないでくれ。そんなんじゃないから」

「ロリロリしたのが好みという噂《うわさ》も聞いたような気がするよ！　女なら誰でもいいのかな？」

「そんな事はない！　というか、今話すような話題じゃないだろ。不謹慎だぞ」

　零人が注意しても、マリリンはクスクスと笑うだけだった。

　速水は顎に手をやり、真剣な顔で考え込んでいた。

「年上と年下、どちらも可という事？　それならまだ私にも可能性が……」

「速水さん？　どうかしたんですか」

「う、ううん、なんでもないわ。また今度、二人きりでじっくり話し合いましょう」

「？」

　やがてイベント終了時間の午後九時が迫ってきた。今のところ、展示されている宝石に異常は認められない。

「予告状には『今宵』というだけで具体的な時間は書かれていない。いつ現れるのか分からないわけか」

「退屈すぎて眠くなってきちゃったよ！　ふわあ……」

マリリンがあくびをして、眠そうに目をこする。零人はため息をつき、改めて会場内の様子を確認した。

制服姿の警官や私服の刑事が各所に待機していて、目を光らせている。

問題の宝石が収めてあるガラスケースはボックス状に仕切られたスペースにあり、手前にはロープが引かれていてケースには近付けないようにしてある。

宝石の展示スペース近くには渕上や速水《はやみ》が待機して見張っており、刑事達《たち》の傍らには不安そうな女社長がいて、零人とマリリンもいる。

この状況で、どうやって宝石を盗むというのか。それこそ魔法でも使わない限り不可能なように思える。

閉館を知らせるアナウンスが流れ、見学に訪れていた一般人達が引き揚げていく。閉館になれば出入り口は封鎖され、さらに警備は厳しくなる。

怪盗が現れるとしたら閉館の直前ではないかと零人は予想していたのだが、何も起こらない。今夜はあきらめたのか、それとも……。

異変が起こったのはその時だった。いきなり場内の照明が落ちて、真っ暗になった。

「停電!?　怪盗の仕業か！」

「みんな、落ち着いて！　持ち場を離れないで！」

「早く照明をつけろ！」

速水や渕上《ふちがみ》、刑事達の声が響く中、零人はその場から動かずにいた。

「うわー、真っ暗だ！　ど、どうしよう!?」

マリリンが叫び、零人にしがみついてくる。柔らかい感触と甘ったるい匂いにドキッとしてしまいながら、零人は彼女をなだめた。

「静かに。すぐに照明がつくはずだ。落ち着いて」

「う、うん」

零人は宝石のケースがある方角をにらんだが、暗すぎて何も見えない。

やがて、照明がついた。皆が一斉に宝石が入ったケースに目を向ける。

「きゃあああああ！　宝石が、紅蓮の王《キングクリムゾン》があ！　なくなってるぅううううう！」

女社長が叫び、現場は騒然となった。彼女の言う通り、ケース内から宝石が消えている。

「出入り口を封鎖！　会場及びフロア内から誰も出さないで！」

渕上が大声で指示を出し、警察官達が動く。速水はロープを乗り越え、空になったガラスケースを調べた。

零人はあたりを見回しつつ、まだしがみついたままでいるマリリンを離れさせ、ガラスケースに近付いた。

「ケースは壊されていませんね」

「ええ。鍵を外して宝石を抜き取ったみたいね」

手袋をした速水がガラスケースを持ち上げてみせる。零人はケースを見つめ、呟いた。

「速水さん、怪盗のカードは？　ありませんか？」

「見当たらないわね。それだけ急いでいたという事かしら」

渕上が頭をかき、忌々しげに言う。

「やられた……！　だからイベントを中止にして会場を閉鎖しようって言ったのに！　ああもう、むかつく！」

警備態勢は万全だったが、会場を閉鎖していればもっと確実なものにできたはず。渕上が悔しがるのも無理はない。

それにしても怪盗はどこへ消えたのか。照明が落ちてから再び点灯するまで、三分もなかったはず。

照明を消すのはブレーカーの近くにいなくても時限式の仕掛けを使えば可能だが、その短い時間内にガラスケースに近付き、鍵を外して宝石を抜き取り、会場から逃げ出したというのか。

イベント会場はかなり広く、問題の宝石は会場の一番奥にある。宝石を抜き取るまではできても、会場から出るのは難しいのではないか。

「もしかすると……犯人はまだ場内にいるのかも」

零人が呟《つぶや》き、渕上と速水はハッとした。

「どこかに隠れているって事？　でも、人間一人が身を隠せるような場所はどこにも……」

「警官の誰かになりすましている、という事はないかしら？」

「すぐに全員をチェックさせるわ。速水、あんたが怪盗の変装という事はないでしょうね？」

「わ、私は本物よ。そういうあんたこそ、本当に渕上なの？　いつもよりメイクが濃いような……」

女刑事二人がにらみ合い、互いを疑いの眼差《まなざ》しで見ている。

零人は首をひねり、尋ねてみた。

「怪盗は変装までできるんですか？」

「今のところそういう情報はないけど……でも、そのぐらいできそうな気がするわ」

渕上が呟き、零人はため息をついた。

警官や刑事の扮装《ふんそう》をするだけならともかく、顔まで別人になりすませるとは思えない。

怪人二十面相ではあるまいし。

「私は本物だよ！」と主張するマリリンに苦笑しつつ、零人は考えてみた。

魔法の存在を認めたわけではないが、なにかのトリックであるにせよ、マリリンが犯人を当てているのは確かだ。

ならば、試してみてもいいのかもしれない。

「例の犯人を当てる魔法だけど、犯人がこの場から離れていても当てられるのか？」

「それは無理だよ！　魔法には効果範囲があるから、近くにいないと当てられないよ！」

「じゃあ、見えない場所に隠れていたら？」

「それも無理！　魔法も万能じゃないんだよ！」

零人はうなずき、そして……マリリンに告げた。

「使ってみせてくれないか？」

「えっ、今ここで？　いいけど……やっぱり怪盗は誰かに化けてるの？」

「さあね。でも、やってみる価値はあると思う」

マリリンは不思議そうに首をかしげたが、すぐにうなずいてみせた。

「分かったよ！　じゃあ、やってみるね！　チャート・リバァァァース！」

オモチャみたいなステッキを振り回し、マリリンが呪文を唱える。

ステッキがピカピカと光り、虹色の光をあたりにばらまく。

やがて光が集束していき、一人の人物にのみ降り注ぐ。マリリンはその人物にステッキを突き付け、叫んだ。

「犯人は、この人だよ！……って、あれれ？」

マリリンが首をひねり、速水達も怪訝《けげん》そうにしている。

なぜならそれは、主催者である女社長だったのだ。皆の視線が集中してきて、女社長はうろたえた。

「えっ、わ、私？　や、やだ、なんの冗談なの？」

「あっ、分かった！　怪盗がおばさんに変装してるんだね！」

マリリンが女社長に近付き、背伸びをして手を伸ばし、彼女の頬を指でつまんでグイグイと引っ張る。

「えい、えいっ！　正体を現せ怪盗め！　うーん、このマスク、なかなか取れないよ！」

「いたたたた！　痛い痛い！　わ、私は本物よぉおおお！　この美しいフェイスは自前だってばああああ！」

力任せに頬の皮がビローンと伸びるまで引っ張られ、女社長が悲鳴を上げる。

零人《れいと》は苦笑し、呟いた。

「どうやら本人に間違いないようですね。誰かが変装しているわけではなさそうです」

「えっ？　それって、つまり……」

速水がハッとして、渕上と顔を見合わせる。零人はうなずき、女社長に鋭い眼差しを向けた。

「宝石を盗んだのはあなたですね、社長さん」

「なっ……！」

女社長は顔色を変え、慌てて叫んだ。

「わ、私のわけがないでしょう！　自分で盗んでどうするのよ！って、痛い！　いい加減に放しなさいよ！」

しつこく頬を引っ張ってくるマリリンの手を振り払い、女社長が零人をにらむ。

零人は怯《ひる》まず、落ち着いた口調で呟いた。

「自分の物なら盗むはずがない。そう思わせるつもりだったのでしょう。ですが、宝石はあなたの物ではなく借り物だ。返却する前に盗まれなければならない理由があったのではないですか？　それで予告状を用意して怪盗の仕業に見せ掛けようとしたわけですね」

「な、何を根拠にそんな……」

「まず、予告状ですが。カードはよく似せてありました。カードのデザインはマスコミが予告状の写真を何度か公開しているので真似《まね》をするのは簡単でしょう。細かく調べればこれまでに発見された物とは材質や印字に使われたインクが異なるかもしれませんが。ただ一点だけ、妙な点がありました」

「な、何の事よ？」

「『今宵《こよい》、紅蓮《キングクリムゾン》の王をいただきに参上します。怪盗レザービー』と書かれていましたね？　先日見せてもらったカードと違い、名前の前に『怪盗』が付いている。渕上刑事に訊《き》いたところ、これまでのカード全てに『怪盗』の記述はなかったそうです」

渕上がうなずき、女社長がうろたえる。

「そ、それだけで偽物だっていうの？　今回から『怪盗』の文字を追加する事にしたのかもしれないじゃない！」

「なるほど。そうかもしれませんね」

零人があっさりと肯定し、女社長は安堵《あんど》した。だが、零人の追及はまだ終わりではなかった。

「盗んだあとにカードがなかったのも不自然だ。カードを残す事を知らなかったのか、短時間で宝石を抜き取る事を考えて、手間を一つ省いたというところでしょうか。怪盗が必ずカードを残すというのも確認済みです」

「だ、だからって私がやったという証拠はないでしょ！」

「ケースを壊さずに鍵を開けるのはあなたなら簡単だ。指紋が残っていてもおかしくないので手袋をする必要もない。停電前後の立ち位置から考えても、あなたが一番怪しいんですよ」

「そ、そんな……私じゃないし！　これは誰かの陰謀だわ！」

そこで零人は、静かに呟いた。

「実を言うと決定的な証拠があります。時間的に考えて、宝石をどこかに隠すのは無理でしょう。つまり、あなたがまだ持ってるんじゃないですか？」

「!?」

女社長が顔色を変え、速水《はやみ》と渕上がうなずき合い、彼女に近付く。

一番近い位置にいるマリリンが、女社長に手を伸ばす。

「身体検査しよう！　それではっきりするね！」

「い、嫌よ、冗談じゃないわ……私は知らない……私じゃない……！」

「違うんなら調べてもいいでしょ？　大人しく……」

「ううっ……く、くそう！」

女社長が後ずさり、何かを取り出してマリリンに投げ付ける。

「あいたっ！」

投げた物がおでこに命中し、マリリンが怯んだ隙に、女社長は回れ右をして駆け出した。

「彼女が犯人よ！　逃がさないで！」

渕上が叫び、刑事達《たち》が動く。零人はマリリンに駆け寄った。

「おい、大丈夫か!?　怪我《けが》は？」

「いたた……こ、このぐらい平気だよ。何かすごく硬い物をぶつけられて……」

「これか……」

零人が床に落ちている物を拾い上げる。それを見て、マリリンと渕上達は目を丸くした。

「それって、盗んだ宝石？　そんな物を投げるなんて……」

赤い宝石を手にした零人は、それが大きさの割にかなり軽い事を確認し、呟いた。

「どうやらこれは……偽物みたいですね」

「ええっ!?　じゃあ、偽物とすり替えたの？」

驚くマリリンに、零人は呟いた。

「いや、そうじゃない。たぶん、最初から偽物が展示されていたんだ。社長さんは偽物なのを誤魔化すために盗んだんだろうな」

宝石はガラスケースに収納され、手前にはロープが張られていて、近付いて見る事はできなくなっていた。よくできたイミテーションなら本物にしか見えないだろう。

ただ、偽物なのを誤魔化すためだけならわざわざ怪盗の仕業にして盗む必要はなかったはず。まだ何か理由がありそうだ。

「ともかく社長さんを捕まえよう。これだけ警察が厳重に警備しているんだし、逃げられるはずは……」

そこへ警官の一人があせった様子で駆け込んできた。

「渕上《ふちがみ》刑事、警備を突破されました！」

「はあ？　何をやっているの！」

「あの女社長、異様にすばしっこい上にスタンガンを持っていて、出入り口を固めていた警官を倒して会場の外に出てしまいました！」

「スタンガン？　まるで本物の怪盗のような手際のよさね……」

渕上が頭を抱え、速水が表情を引き締める。

「私が仕留めてやるわ。発砲してもいい？」

「それはさすがにまずいわ。威嚇するだけにして」

「了解。急所は外すわ」

速水が拳銃を抜き、どこかうれしそうにしながら走っていく。

零人も後に続こうとすると、マリリンが叫んだ。

「待って！　まだ魔法の効果が残っているから、追跡できるよ！」

「本当か？　よし、誘導してくれ！」

「任せて！　逃がしはしないよ！」

マリリンがテケテケと駆けていき、零人は彼女に続いた。


イベント会場から飛び出し、通路に出る。マリリンがステッキを振り回すと、先端に備えたクリスタルジュエルがピカピカと光った。

「こっちだよ！」

マリリンはエレベーターとは反対の方向に走っていく。後に続きながら、零人はうなった。

「奥には非常用の階段があったはず。イベント主催者だけあって逃走経路は確保してあるのか。まずいな……」

　会場の警備に重点を置いていたために、会場以外の警備は手薄になっている。他の階に逃げ込まれるとまずい。早く追い付かなければ。

　通路の突き当たりに非常口のドアがあり、そこを見張っていたと思われる警官が倒れていた。既に突破された後のようだ。

　マリリンがドアを開け、非常階段に飛び込む。ステッキの反応を見て、階段を下りていく。

「こっちだよ！　急いで、零人！」

「あ、ああ」

　小さいのにマリリンはかなり足が速く、零人は置いて行かれそうになる。懸命に追いすがり、離されないように努める。

　一つ下の階を通過し、さらに下へ向かう。次の階に下りたところで、マリリンは足を止めた。ドアを開け、フロアに飛び込む。

「見付けた！　あそこにいるよ！」

　薄暗い通路の先に人影が見える。マリリンと共にそちらへ走り、零人はハッとした。

通路の途中に、女社長は倒れていた。壁に背を預け、目を回している。転んで頭でも打ったのか。零人が彼女に近付こうとすると、マリリンがそれを制した。

「待った！　そこに誰かいるよ！」

「えっ？」

見ると女社長が倒れている場所から数メートル先の暗がりに、人影がたたずんでいた。マスクで顔を隠し、黒ずくめのボディスーツに身を包んだ、かなりグラマーな長身の女性。その姿を確認し、零人はハッとした。

「お前は……本物の怪盗レザービーか……！」

するとレザービーと思われる人物は、紅《あか》い唇を笑みの形に歪《ゆが》めて、クスッと笑った。

身構えた零人とマリリンに、静かに呟《つぶや》く。

「私の名を騙《かた》ってくれた彼女にお礼をしに来ただけ。しばらく目を覚まさないわ」

喉に変声機か何か仕込んでいるのか、合成音声のような声だ。油断なく観察を行う零人の前で、レザービーはさらに呟いた。

「この女は本物の『紅蓮の王《キングクリムゾン》』を密《ひそ》かに売りさばいていた。『血塗られた赤い瞳《ブラッディルビー》』と名を変えてね」

「やはり、そういう事か。それで辻褄《つじつま》が合う」

「えっ？　どういう事なの？」

首をかしげたマリリンに、零人《れいと》は説明した。

「まず、社長さんは海外から『紅蓮の王《キングクリムゾン》』を借り受け、闇ルートで転売した。それを買ったのが先日のディスカウントストアの社長で、『血塗られた赤い瞳《ブラッディルビー》』だったわけさ。そして宝石展の展示用にはあらかじめ用意してあった偽物を使ったんだ」

「クズのおじさんが持ってたのが本物の『紅蓮の王《キングクリムゾン》』だったの？　借り物なのに売っちゃうなんて無茶苦茶だね！」

「当然、そんな事が発覚すれば大問題になる。それで怪盗に盗まれた事にしてしまおうと考えたんだろう。賠償金については盗難保険で補うつもりだったんだろうね」

「自分は損せずに丸儲《まるもう》けか！　さすがは守銭奴、あこぎな真似《まね》をするね！」

「誤算だったのは本物の方を怪盗に盗まれた事か。それが本物の『紅蓮の王《キングクリムゾン》』だとマスコミにリークでもされたらまずい。そうなる前に急いで偽物を処分しようと思ったんだろう。全ての罪を怪盗に着せるために」

しかし、まさか本物の怪盗が現れるとは女社長も思いもしなかったに違いない。彼女にとってはそれが最大の誤算だったというところか。

「えーと。要するに、本物の『紅蓮の王《キングクリムゾン》』は怪盗が持ってるんだね！　よし、コイツも逮捕しよう！　御用だ！」

マリリンが叫び、ローブの袖から大型の手錠を取り出す。

するとレザービーはフフッと笑い、呟いた。

「これの事なら、返すわ」

「えっ？」

レザービーが何かを投げて寄越《よこ》し、マリリンは慌ててそれをキャッチした。

それは大きな真紅の宝石だった。驚くマリリンと零人に、レザービーが言う。

「借り物を盗むわけにもいかないしね。本当の持ち主に返してあげて」

「いいの？　泥棒のくせに気前がいいんだね！」

「私は悪党からしか盗まない。それが正義だと言うつもりはないけど、私なりのポリシーといったところかしら」

零人は怪盗をにらみ、うなった。

怪盗を捕まえる絶好のチャンスではある。だが、しかし……。

今回の事件、主犯は女社長だ。彼女を逮捕するのに協力してもらう形になってしまったというのに、ここで怪盗を捕まえるというのは、さすがに躊躇《ちゅうちょ》してしまう。

「……今回に限り、君の事は見逃そう。だが……いずれ必ず捕まえてみせる。僕は義賊など認めない」

「ふふ、怖いわね。それじゃ、また会いましょう。かわいい魔法使いさんに探偵の坊や、ごきげんよう」

クルッと背を向け、レザービーは通路の奥へと姿を消した。

「あっ、逃げた！　追わなくていいの、零人？」

「犯人逮捕に協力してもらったしね。宝石も戻ったわけだし、逃がしてやろう」

「そうだね！　事件は解決しちゃったし、まあいいか！　次は捕まえてやろう！」

「ああ。次は逃がさない」

女社長は逮捕され、事件は解決した。

はしゃぐマリリンをよそに、零人は難しい顔をしてうなっていた。

「どうしたの、零人？　お腹《なか》でも痛いの？」

「いや。何か見落としているような気がして……」

誰かが気になる事を言っていたような気がするが、それはなんだったのか。誰よりも早く、展示された『紅蓮の王《キングクリムゾン》』が偽物である事を示唆するような発言をした人物がいたような……？

どうしても思い出す事ができず、零人はスッキリしない気分だった。

第5章 コンビニ連続強盗事件

「迷渕《まよいぶち》君、朝ですよ。起きてください」

「う、うーん……あと五分……いや、一〇分だけ寝かせて……」

朝。自室のベッドで眠っていた零人は、何者かに肩を揺すられ、うめいた。

零人が掛け布団を被《かぶ》って寝直そうとすると、起こしに来た人物は掛け布団を引き剝がし、ベッドの上に飛び乗った。

「こらあ！　早く起きなさい！　遅刻しちゃうでしょ！」

「ぐえっ！　な、なんだ、一体……」

誰かにまたがられ、ドスンと腹の上に乗られて、零人は目を覚ました。

自分の真上に金髪の美少女が乗っているのを見て、ギョッとする。

「おはよう、零人！　やっと起きたね！」

「マ、マリリン？　何をしてるんだ……？」

それはローブ姿のマリリンだった。零人を見下ろし、ニパッと笑みを浮かべる。

「お寝坊さんな助手を起こしに来てあげたの！　魔法警察の捜査官はサービス満点なんだよ！」

「そ、そうか……君はありがた迷惑という言葉を知っているのかな……」

「そんなの知らないよ！　ほら、起きて起きて！　起きないと……チューしちゃうぞ！」

「!?」

マリリンが身をかがめ、顔を近付けてくる。零人は赤面し、彼女の肩を押しやり、身を起こした。

「お、起きる、起きるから！　そういうのはやめてくれ！」

「ふふ、うれしいくせにぃ。零人は照れ屋さんだね！」

零人の上からピョンと跳び上がり、マリリンはベッドから下りた。零人は安堵《あんど》し、のそのそとベッドから這《は》い出した。

「また家に忍び込んだのか……やりたい放題だな……」

「一人暮らしでかわいそうな助手を放っておけないだけ！　お礼はいいよ！」

「だから僕は助手じゃない……そう言えば、いつもと違う口調で起こさなかったか？」

「そっちの方が零人の好みかと思って。大人しい子が好きなんでしょ？」

妙な事を言われ、零人は顔を赤くした。

よりによってマリリンにそんな事を言われるとは思わなかった。

子供のくせにと思ったが、彼女は一応同い年なんだったか。

「別に好みなんかじゃない。ただ、君は少し落ち着いた方がよくないか。いつもテンション高すぎだ」

「やっぱり零人は大人しい子が好きなんだ。メモしとこう！」

「いやだから好みとかじゃ……そんなのメモしてどうしようっていうんだ……」

「人間観察は基本だよ！　事件があった時の参考になるかもしれないからね！」

「それは僕が容疑者になる可能性を考慮しているのか？　侮れないな……」

「もちろん冗談だよ？」

かわいらしく小首をかしげるマリリンに、零人は顔を引きつらせた。


二階にある自室を出て一階へ向かう。ダイニングのテーブルには朝食が用意されていて、焼きたてのパンケーキが湯気を立てていた。

笑顔のマリリンと向き合う形でテーブルに着き、朝食をとる。相変わらずパンケーキは信じられないほど美味で、不法侵入をしたマリリンを零人は怒れなくなってしまった。

零人が登校の準備を済ませると、マリリンは壁掛け時計を見て、ハッとしていた。

「うわっ、もうこんな時間だ！　急がなくちゃ！」

「なにか用事でもあるのか？」

「こう見えても忙しいんだよ！　貴重な時間を割いて来てあげてるんだから感謝して！」

「はいはい。別に無理して来なくてもいいから」

「そうするよ！　バイバーイ！」

笑顔で手を振り、マリリンは帰っていった。

パトロールにでも行くのだろうか。おかしな事件などを起こさなければいいのだが。


零人が自宅を出ると、隣の家から制服姿の森野真理《もりのまり》が出てきた。

「おはようございます、迷渕君」

「おはよう、森野さん」

真理から笑顔を向けられ、零人はいい気分になった。

美人だからというのもあるが、真理の落ち着いた雰囲気と優しげな笑顔にはとても癒される。

「先日は怪盗を捕《つか》まえられなくて残念でしたね。あと一歩だったそうじゃないですか」

「まあね。今回は駄目だったけれど、近いうちに捕《とら》えてみせるさ」

「その意気です。がんばってください、名探偵さん」

真理に励まされ、零人は照れてしまった。

彼女が応援してくれるのなら、怪盗ぐらいササッと捕まえられそうな気がする。

学校にたどり着き、教室に入る。

零人が窓際最後尾にある自分の席に着くと、小宮楓《こみやかえで》が声を掛けてきた。

「おはよ、迷渕。……今日も森野さんと一緒なんだね」

「おはよう。いや、家が隣だから……それだけだよ、うん」

楓から不審そうな目を向けられ、零人は冷静に答えておいた。変な風に誤解されても困る。

それで一応は納得したのか、楓はため息をつき、零人の机に手を突いて話し掛けてきた。

「まっ、いいけどさ。それはそうと、例のニュース見た？」

「例のニュース？」

零人が首をかしげると、楓はスマートフォンを取り出し、画面に何かを表示させて差し出してきた。

「これよ、これ。なんか、大変な事になってるみたいよ」

「？」

それはネットニュースの記事だった。またヤホーだ。記事の見出しを見て、零人は目を丸くした。

「『コンビニ連続強盗、犯人は魔法使い？』だと……？」

コンビニを狙った強盗事件は珍しくない。深夜営業を自粛すれば防げると思うのだが、どのコンビニもそうしようとはしない。大人の事情というやつなのだろうか。

しかし、連続強盗、しかも犯人が魔法使いとなると、普通の強盗事件ではなさそうだ。

零人《れいと》は楓からスマートフォンを受け取り、記事を読んでみた。

「『昨夜、午前三時頃、某コンビニの××店に強盗が押し入った。犯人はとんがり帽子にローブ姿で、まるで魔法使いのようだった。同様の事件が市内各所で発生しており、警察は注意を呼びかけている』……こんな事件が頻発しているのか。知らなかったな……」

マリリン活躍の記事を見るのが嫌で、零人はここのところニュースのチェックを怠りがちだった。そんな事ではだめだなと反省しつつ、事件の概要を読んでうなる。

コンビニには防犯用のカメラが設置されている。そのため強盗が目出し帽やマスクなどで顔を隠すのはありきたりだが、魔法使いの扮装《ふんそう》をしているというのは珍しい。

何を狙ってそんな格好をするのか。とある可能性を思い浮かべ、零人は顎に手をやってうなった。

「これは……マリリンを意識しているのか？」

「なっ……なんですって？」

声を上げたのは、隣の席に座る真理だった。

真理は席を立ち、零人の肩に手を置いて身を寄せ、頬をくっつけるようにしながら彼が見ていたスマートフォンの画面をのぞき込んだ。

「うわっ、なんですかこれ！　大変じゃないですか！」

「も、森野さん？　ちょっと近いんだけど……」

ベッタリとくっつかれ、零人は赤面した。

真理のプニプニした頬がほっぺたに当たり、甘ったるい匂いが鼻孔《びこう》をくすぐる。肩の後ろあたりに彼女の胸が押し付けられ、ムニュッと柔らかい物で圧迫される感触があった。

うろたえる零人に構わず、真理はジッとスマートフォンの画面を見ていた。

「魔法使いの格好をした人物による連続強盗ですか……けしからんですね……！」

「あ、あの、少し離れてくれないかな……」

困った顔をしながら零人は真理を突き放すような真似《まね》はせず、されるがままになっていた。

楓が眉根を寄せ、こめかみをピクピクさせる。

「あんたら、ちょっと仲が良すぎない？　ベタベタしすぎでしょ」

「い、いや、僕は別に……」

零人はうろたえ、真理は笑顔で楓に告げた。

「私と迷渕君はすっごく親しい間柄なので……このぐらいくっついても全然平気なんですよー」

「なっ、なにそれ!?　迷渕、あんた、いつの間にそこまで森野さんとの親密度を上げてんのよ!?」

「いや、別にそんな……普通の友達レベルなんじゃないかと……」

「ふふふ、さて、それはどうでしょう？　友達以上、恋人未満だったりするかもしれませんよ？」

「なっ……そこまで深い仲になってるなんて……」

楓が信じられないといった顔をしてよろめき、零人は冷や汗をかいた。

「誤解しないでくれ。森野さんとはそんなんじゃないんだ。隣に住んでいるから多少は親しくしているかな？　ぐらいのもので……」

「ほ、本当に？　信じていいの、迷渕？」

「もちろんだとも」

少しばかり楓の反応がオーバーなのが気になるが、ともかく誤解されないようにしておく。

真理は零人に身を寄せたまま、ニコニコと微笑《ほほえ》んでいた。

「むふふふ、はたして、ただのお隣さんというだけでしょうか？」

「なにその意味深な言い回しは!?　やっぱりなにかあんの？」

「いや、なにもないから！　森野さんも冗談はそのぐらいにしてくれ」

零人が注意すると、真理は笑顔のまま呟《つぶや》いた。

「そうですね。特になにもないかもしれません」

「な、なんだ。もう、変な冗談はやめてよね……」

「ただ単に、私が迷渕《まよいぶち》君の事を気に入ってるだけですから」

「!? そ、そうなの?」

楓が愕然《がくぜん》とした表情を浮かべ、真理を凝視する。

ニコニコしている真理に楓はぐぬぬとなり、眉をピクピクさせながら呟いた。

「ま、まあ、別にいいけど? 家が隣だからなんだってのよ。あたしには関係ないし……」

「ですよねー? おかげで気兼ねなく迷渕君と仲良くできますよ」

「か、関係ないけど、ちょっとくっつきすぎじゃない? 迷渕が嫌がってるし、もっと離れたら? 二メートルぐらい」

「そうですか? 迷渕君は喜んでいるように見えますけど」

二人の間に妙な空気が漂い、零人は息が詰まりそうだった。コホンと咳払《せきばら》いをして、話題を変えてみる。

「そ、そんな事より、強盗事件だよ。わざわざ魔法使いの扮装をしているというのが気になるな」

するとと真理が、表情を引き締めて呟いた。

「これはもしかすると、悪の魔法使いの仕業なのかもしれないですね」

「悪の魔法使い？　そんな馬鹿な……」

零人はありえないと思ったのだが、楓は神妙な顔でうなずいていた。

「なるほど、そうかもね。魔法使いの警察官がいるんだし、魔法使いの強盗がいても不思議じゃないかも」

「こ、小宮まで何を言ってるんだ？　魔法使いなんか存在するわけが……」

否定しようとした零人だったが、マリリンの存在を考えると自信がなくなってきた。

魔法について信じたわけではないが、これまでの事を考えると、マリリンがなんらかの特殊能力を使えるのは間違いなさそうだ。そうすると、彼女のような存在が他にいても不思議ではない。

だが、強盗が魔法使いの姿をしているというのを知って、零人が真っ先に考えたのはそれとは別の可能性だった。

「マリリンの影響じゃないかな。彼女が話題になっているから、便乗しようと思って」

「マリリンに罪を着せようとしているわけですか？　それはそれで許せないですね。見付け次第、処刑するべきでしょうか？」

「処刑はちょっと厳しすぎるな。許せないというのには同意するけど」

「まあ、さすがはマリリンの助手さんです。彼女のために怒っているんですね？」

「いや、僕は助手なんかじゃないから！　そこだけは間違えないでほしいな」

真理はニコニコと微笑み、零人にギュッとしがみついてきた。

「もう、照れちゃって！　迷渕君のそういうとこ、好きですよー？」

「ち、ちが……ちょっ、森野さん？　そんなにくっつかないでくれ！」

真っ赤になってうろたえる零人に構わず、真理は過剰なスキンシップを続けた。

楓は腕組みをしてうなり、不愉快極まりないといった顔で二人を見ていた。

「くっ、あんなにくっついて……迷渕も少しは嫌がれよな……」

「嫌がってはいないけどかなり困ってるよ！　見てないで助けてくれ！」

「はっ、どうだか。喜んでるようにしか見えないっての」

楓にプイッと顔をそむけられてしまい、零人は戸惑うばかりだった。


その日の放課後、零人が一人で下校していると、学校から出たところで真理が声を掛けてきた。

「待ってください、迷渕君。一緒に対策を練りましょう」

「対策？　一体、なんの？」

「連続強盗事件についてですよ。決まってるじゃないですか」

事件に魔法使いなどが絡んでいるからか、真理は強盗事件に興味があるらしかった。

零人としてもできれば解決したいと思うが、これはかなり難しい事件だ。

「狙われそうな店を見張るのがベストだろうけど、ターゲットがコンビニというだけではね。市内に一体何軒のコンビニがあると思う？」

「全てのコンビニにパトカーを配置すればいいんじゃないですか？」

「無理だよ。他にも事件は起こっているんだし、警察が割ける人員にも限界がある。パトロールを強化するぐらいしか対応策はないだろうな」

するると真理《まり》はニコッと笑い、零人に告げた。

「どうやら私の特技が役に立つ時が来たようですね。次に狙われるのがどこなのか、予想してみせましょう」

「森野《もりの》さんの特技？　それってどんな……」

「迷渕君にだけ教えてあげましょう。二人だけの秘密ですよ？」

真理にウインクされ、零人はドキッとしてしまった。

次に強盗が狙う場所が分かるというのか。それが本当なら大したものだが。

「迷渕君のお宅にお邪魔させてもらってもいいでしょうか？」

「ぼ、僕の家に？　べ、別に構わないけど……」

同級生の女子などを家に招き入れるのは初めての事で、零人は緊張してしまった。

既に二度ほどマリリンに不法侵入されているが、彼女は同級生には見えないのでノーカウントだろう。

二人で零人の家へ向かい、リビングに入るなり真理は早速取り掛かった。

「市内の地図はありますか？」

「あるよ。ちょっと待って」

零人が地図を用意し、テーブルの上に広げる。すると真理は鎖付きの水晶のような物を取り出した。

真理が手に鎖を巻き、地図の上に水晶を垂らしたのを見て、零人は眉をひそめた。

「それって、ダウジングとかいうやつ？　それが森野さんの特技なのか」

「ええ、まあ。ダウジングや占いなんかも得意なんですよ。ダウジングの的中率は一〇〇分の一ぐらいでしょうか」

「一パーセントしか当たらないのか。いや、それでも確率的には高いぐらいか……？」

そこで真理はクスッと笑い、零人に告げた。

「なんの情報もない状態だとその程度ですが……迷渕君、これまでに強盗の被害にあった店舗の場所は分かりますか？」

「ああ、それなら……ニュースで報じられた店舗をチェックすれば分かると思うよ」

「それらの店舗がある位置に印をつけてもらえますか？」

「分かった」

零人《れいと》はスマホでニュースを検索し、被害にあった店舗の住所を調べ、その所在地を地図に書き込んでいった。

それらを見て、真理が呟く。

「これで的中率は跳ね上がります。九〇パーセント以上でしょうか」

「本当に？　すごいな……」

水晶が地図上のとある場所を指し示し、動かなくなる。位置を確認し、零人はうなった。

「……ここで間違いないのかい？」

「間違いないです。知っているお店ですか？」

「ああ。よく知ってるよ」

「？」


これまでに強盗の被害が出た時刻は午前〇時から午前三時までの間。その時間に問題の店舗で張り込む事になった。

午後一一時半すぎ、零人は家を出た。現場までは少し距離があるので自転車で行こうかと考えていると、隣の家の門が開き、真理が出てきた。

真理は清楚《せいそ》なワンピース姿で、タイヤの径が小さいピンク色の自転車を押してきていた。

「これで行きましょう。後ろに乗ってください」

「いや、自転車の二人乗りは駄目だよ。僕は自分のに乗っていくから」

「相変わらず真面目ですねー」

　のんきに笑う真理に、零人は尋ねた。

「本当に行くつもりなのか？　もう遅いし、危ないよ。あとは僕に任せて、森野さんは家で待っていた方が……」

「いえ、次に被害にあう店舗を予想したのは私ですし、お供させてください。予想が的中するかどうか確認したいですし」

「やめた方がいいと思うけどな。予想が当たるという事は、強盗が現れるって事なんだし。危険すぎる」

「平気ですよ。迷渕君が一緒ですし、強盗が現れたら即座に警察を呼びましょう。そうすれば問題ないでしょう？」

「どうかな。できれば強盗なんかと鉢合わせしたくはないけど」

　零人も自転車を出して、二人で夜の街へと走り出した。

　住宅街を抜け、やがて目的のコンビニにたどり着く。駐輪スペースに自転車を停《と》め、二人は店舗に入った。

　出入り口の自動ドアが開き、店内に足を踏み入れると、カウンターに立つ店員が声を上げた。

「らっしゃい。……って、あれ？」

それは茶髪でつり目の少女、小宮楓《こみやかえで》だった。零人と真理を見つめ、驚いた顔をしている。

「小宮さんじゃないですか。こんな時間にアルバイトですか？」

「いや、あたしは……」

「ここは小宮の両親が経営している店なんだよ」

零人が呟《つぶや》き、楓がうなずく。真理は目をパチクリさせ、零人に尋ねた。

「迷渕君は知っていたんですね。なぜ黙っていたんですか？」

「小宮がいるとは思わなかったし、個人情報を漏らすのはまずい気がして」

真理は眉根を寄せ、楓に告げた。

「おうちのお手伝いにしても、こんな時間に未成年がお店の番をするのはよくないですよ。他の人はいないんですか？」

「予定してた大学生のバイトが病欠でさ。仕方なく代理で……一時には次の人が来るからそれまでだよ」

「深夜の一時まで一人きりなんですか？　なんて危ない！」

「平気だよ。なんかあったらソッコーで警報鳴らすし」

楓は軽い口調で告げ、そこで零人と真理に鋭い目を向けた。

「あたしはあんたらの方が気になるんだけど。こんな時間に二人そろって買い物？　いくら隣に住んでるからって変じゃない？」

「いや、これは……」

説明しようとした零人を遮り、真理が楓に告げる。

「実は、例のコンビニ強盗が出るかもしれないので、張り込みに来たのです！」

「えっ、嘘《うそ》、マジで？」

コクンとうなずく真理を見つめ、楓は啞然《あぜん》としていた。

「いやいや、ないでしょ。そんな理由で二人そろってうちの店に来たっての？」

「そうですけど。何か変ですか？」

キョトンとした真理に楓は顔を引きつらせ、零人に目を向けた。

「迷渕《まよいぶち》、あんたまで一緒になって何やってんのよ？　こんな時間に女の子を連れ出しちゃだめでしょ」

「僕もそう思うんだが……森野さんが行くと言って聞かなくて」

「大体、強盗がどのコンビニに現れるのか分かんないでしょうに。張り込みなんかしても意味ないっての」

するとと真理がニヤリと笑って呟いた。

「ふふふ、素人はそう思うでしょうね。ところが、次に強盗が狙うのはここだと分かっているのです！」

「えっ？　な、なんで分かるの？」

「それはもちろん、ダウジングで……」

「ダウジング？」

サラッと答えた真理に冷や汗をかき、零人は慌ててフォローを入れた。

「い、いや、実はその、強盗の行動パターンを検証した結果、かなりの高確率で次に狙われるのはこのあたりのコンビニだと想定されて……」

「そうなの？　なら、警察に知らせた方がよくない？」

「あくまでも予想だからね。残念ながら警察は動かせない。それで張り込んでみる事にしたんだ」

零人の説明を聞き、楓は一応納得してくれた様子だった。ため息をつき、二人に言う。

「あたしが店番でよかったよ。他の人だったら『強盗の張り込みに来た』なんて言い訳通用しないよ？　下手すりゃ通報されてるわ」

「平気ですよ。店員さんを騙《だま》す方法なんていくらでもありますので」

「あ、あんた、何者なの？　かわいい顔して怖い事言わないでよね……」

「やだ、かわいいなんてそんな。小宮さんって意外といい人ですね。カツアゲとかやってそうな不良かと思ってました！」

「あたしの事、そんな風に思ってたの!?　何気にひどいね、あんた……」

楓は茶髪でチャラい印象があり、よくヤンキー扱いされる。気が強くて大人びた顔付きをしているのも手伝っているのだろう。

実際、少しやさぐれている所があるのは確かだが、彼女が悪い人間でない事を零人はよく知っている。

フォローしておこうと思い、零人は真理に告げた。

「小宮は不良なんかじゃない。意外と真面目で真《ま》っ直《す》ぐな子だよ。誤解しないであげてくれ」

「おや、そうですか。随分と詳しいんですね？」

「小学校の頃からの付き合いだからね。カツアゲをやるような連中とは違う。僕が保証するよ」

「……」

零人が真面目な顔で告げると、真理は押し黙り、楓は照れたように頬を染めていた。

真理は大きな目を細め、面白くなさそうに頬をふくらませた。

「むうう……迷渕君は大人っぽい人が好みみたいだし、小宮さんはかなり大人っぽいですよね……私も負けていませんけど！」

「勝手に僕の好みを決めないでくれ。森野さんはかわいい路線でいいじゃないか」

「そ、そうですか？　ならまあ、いいですかね……えへへ」

真理《まり》が頰を染め、照れたように笑う。楓はムッとして、零人をにらんだ。

「あんたさあ、不用意に女の子をほめない方がいいよ。昔っから、そういうとこあるよね」

「えっ？　何かまずかったかな」

「自覚がないのがタチ悪いよね。勘違いしてる女が多そうで怖いわ」

「？」

ともかく、零人と真理は店内で張り込みを行う事になった。

何も買わないのは悪い気がして、零人はコーヒーを購入した。真理も真似《まね》をしてコーヒーを買い、カウンターの隣にある飲食用スペースのテーブルに二人で座る。

真理はコーヒーに大量の砂糖とミルクを投入し、ストローで混ぜ混ぜしながら零人に問い掛けてきた。

「迷渕君、お砂糖はいくつ入れますか？」

「いや、僕はブラックでいい」

「なんですって？　こんな苦い飲み物を飲めるんですか？　アダルトですねー」

「大げさな。普通だよ、普通」

真理に苦笑しつつ、零人はコンビニ特有のやや濃いめのコーヒーをすすり、ウインドウ越しに外の様子を眺めた。

　コンビニに面した片側一車線の道路にはほとんど車の通りはなく、来店する客もいない。強盗が狙いそうな状況だ。

　しかし、本当に真理の予想は当たるのだろうか。強盗を捕まえるという意味では当たって欲しいと思うが、ここは楓の両親が経営している店だ。できれば強盗などに来て欲しくはない。


　やがて、午前〇時四五分を過ぎた。あと一五分で次のバイトが来る。

「すみません、ちょっとお手洗いに……」

「あ、ああ。トイレは奥だよ」

　真理が席を外し、零人は一人になった。

　強盗が現れるにしろ、楓が交代した後にしてもらいたいものだ。

　だが、残念ながら零人の願いは叶《かな》わなかった。〇時五〇分を回ったあたりで、妙な格好をした人物が来店したのだ。

「らっしゃい」

「……」

　楓が声を上げ、客の姿を見て首をかしげる。

その人物は、つばの広いとんがり帽子を被《かぶ》り、もっさりとしたローブを着ていた。色はピンクで、かなり派手だ。

店内を一周してから、謎の人物はレジカウンターに近付いてきた。帽子を目深に被り、ローブの襟を立てていて、顔を隠している。

どう見ても問題の魔法使いの扮装《ふんそう》をした強盗だとしか思えないが、単なるコスプレ好きという可能性もある。強盗だというのが確定するまで様子を見るしかない。

魔法使いの扮装をした人物はカウンターの前に立ち、楓と向き合っていた。

楓はやや緊張した面持ちで、怪しい人物に声を掛けた。

「な、何かお探しですか？」

「……金を」

「えっ？」

「レジの金を、全部出せ」

「!?」

ピンクの魔法使いがローブの袖から出したのは魔法を使うためのステッキ……ではなく、ショットガンだった。狩猟用の銃を改造したものらしく、銃身が短めにカットされている。

やはり強盗か。しかし、まさか銃を持っているとは。これまでの事件では刃物を使って脅していたと聞いているのだが、武装をアップグレードしてきたらしい。

さしもの楓も恐怖に怯《おび》え、両手を上げている。その様子を見て零人《れいと》は冷や汗をかいた。下手に刺激すると楓が撃たれてしまうかもしれない。ここは相手がレジから離れるのを待つべきか。

「金を出して袋に詰めるんだ。早くしろ」

「わ、分かったよ」

強盗に急《せ》かされ、楓が慌ててレジを開け、紙幣を適当に取り出し、ビニール袋に詰める。

強盗は、楓にショットガンの銃口を向けたまま「動くなよ」と呟くと、紙幣の入ったビニール袋を引っつかみ、ローブの袖に収納しようとする。

「そこまでだよ！」

「!?」

出入り口の自動ドアが開き、来店のチャイムと共に飛び込んできたのは、ピンクのローブをまとった少女、マリリンだった。

まさかの人物の登場に、強盗は元より、零人と楓も驚き、硬直してしまった。

マリリンはローブの袖から金色の回転式拳銃《リボルバー》を出して、強盗に狙いを付けた。

「魔法警察ファンシー☆マリリン！　強盗め、銃を捨てろ！　抵抗すれば射殺する！」

強盗の様子を油断なくうかがいながら、マリリンは呟いた。

「そんな格好をして、さてはマリリンの熱狂的なファン？　ファンなら強盗なんかしちゃ

だめでしょ！　マリリンが強盗と間違えられたらどうするの！」

「いや、たぶんそれが狙いなんだろ」

抗議の声を上げたマリリンに、零人が呟《つぶや》く。

強盗はマリリンよりも背が高く、着ているローブもフリフリしていないのでそれほど似ていないが、「ピンク色の魔法使いっぽい服装」であれば世間の人間はマリリンだと認識するだろう。彼女に罪を着せるためにあんな格好をしていると見て間違いあるまい。

本物の登場に強盗はあせった様子だったが、相手がとても小柄なマリリンだけなのを見て、小馬鹿にしたように呟いた。

「ふ、ふん、なんだそれは。オモチャの拳銃か？　そんな物でどうしようと……」

刹那、ドゴーン！　という轟音《ごうおん》が鳴り響き、強盗が被っているとんがり帽子のツバの端が消し飛び、背後の棚に陳列してあったポップコーンの袋が破裂し、中身のポップコーンが飛び散った。

言うまでもなく撃ったのはマリリンだった。強盗の顔面に狙いを付け、険しい顔で警告する。

「オモチャじゃないのが分かったかな？　次はお前の頭を吹っ飛ばす！　大人しく銃を捨てろ！」

「う、ううっ、くそ……わ、分かったよ……」

観念したのか、強盗はショットガンを下ろし、床の上に落とした。

マリリンが彼に近付こうとすると、強盗のローブの袖から何かが落ちてコロコロと転がった。

それが何なのかを悟り、零人が顔色を変える。

「まずい、それは……！」

「えっ？」

円筒形の缶からブシューッ、と白煙が噴き出し、視界をふさぐ。発煙弾だ。

強盗の姿が見えなくなり、あせるマリリン。自動ドアが開いたのに気付き、零人は叫んだ。

「あっ、外に逃げたぞ！」

「逃がすもんか！　追うよ！」

マリリンが駆け出したが、何かに足を取られてズルッと滑り、コテンとこけてしまった。

零人は身をかがめて床を見つめ、小さな球がばらまかれているのに気付いた。エアガン用のＢＢ弾のようだ。

「煙幕と同時にまいたのか。用意周到だな」

「いたたた……ま、待て！　あいたっ！」

慌てて起き上がろうとしたマリリンだったが、またＢＢ弾を踏んでこけてしまう。

　零人が床の上に散らばったBB弾を払いのけ、マリリンを立たせて店の外へ出た時には、既に強盗の姿は消えていた。

　マリリンは表に停《と》めてあった真理の自転車に目を留め、ステッキを振るった。

「これをちょっと借りよう！　えいっ、マジカルパーツ装着！」

　ステッキから虹色の光が迸《ほとばし》り、自転車に降り注ぐ。

　すると自転車の各部が変形、大型化し、小型のエンジンらしきものを搭載したマシンに姿を変えた。

「魔道アシスト自転車にフォームアップ！　乗って、零人！」

「あ、ああ。いやでも、自転車の二人乗りは……」

「コイツは魔力モーターを搭載した魔法の国の乗り物だから、二人乗りも合法なんだよ！ていうか緊急事態だし、そんなのどうでもいいでしょ！」

「そ、そうだな」

　マリリンが魔道アシスト自転車に飛び乗り、零人は荷台に乗った。

　ペダルを踏み込むと魔力モーターがうなりを上げ、後輪がギュルギュルと空転し、グリップすると同時にものすごい勢いで走り出す。

　予想以上のスピードに零人は驚き、思わずマリリンにしがみついてしまった。

「れ、零人？　意外と大胆だね！」

「いや、そういうんじゃなくて、冗談抜きで振り落とされそうで……うわわ！」

「まあいいけど！　犯人はまだ近くにいるはずだよ！　絶対に捕まえてやる！」

マリリンは適当に見当を付け、南北に延びる通りを北方向へと走った。あの服装なら夜でもかなり目立つはずだが、見える範囲には強盗の姿はなかった。

自転車を走らせながらマリリンはローブの袖から無線機らしき物を取り出し、マイクに向かって叫んだ。

「S区〇〇二丁目のコンビニにて強盗事件発生！　犯人は逃走中！　付近を巡回中のパトカーは応援に向かえ！　容疑者の特徴はピンク色の魔法使い装束！」

零人は首をひねり、マリリンに尋ねた。

「今のは？　まさか警察無線に割り込んだのか？」

「そうだよ！　使えるものは利用しなくちゃね！」

あとで問題になるんじゃないかと思ったが、今はそれどころではない。零人はマリリンに告げた。

「たぶん、逃走用の乗り物を用意しているはずだ。あの服装だと目立つから、自動車の可能性が高いな」

「近くに車を停めてるって事？　じゃあ、もう逃げられたかも！」

「パトカーが間に合えば不審な車を発見次第、追ってくれると思うけど……近くにいる事を祈ろう」

そこで前方から赤い回転灯を光らせたパトカーが走ってきた。

マリリンは笑みを浮かべ、手を振って大声を張り上げた。

「おーい、おーい！　ここだよー！」

パトカーが急ブレーキを掛け、Ｕターンして近付いてくる。マリリンが自転車を停めると、パトカーは歩道に入ってきて、自転車の進路を妨害するようにして斜めに被さるように停車した。

警官が二名、パトカーから降りてきて、警棒を手にして叫ぶ。

「動くな！　静かに自転車から降りるんだ！」

「えっ？　なにを言ってるの？」

キョトンとしたマリリンに、零人はハッとして呟いた。

「犯人の特徴はピンク色の魔法使い装束って言ったからだよ。君の姿がまさにそのまんまじゃないか」

「あっ！　言われてみればその通りだね！」

そこでマリリンはローブの袖から手帳らしき物を取り出し、下向きに開いてみせた。

「私は魔法警察の捜査官、ファンシー☆マリリンだよ！　犯人と間違えちゃだめ！」

マリリンの写真と星型のバッジが貼り付けてある手帳を見て、警官達《たち》は怪訝《けげん》そうにしていた。

「確かに、新聞で見たマリリンに似ているが……本物に会った事はないし、そんなもの、何の証明にもならないぞ。とりあえずパトカーに乗りなさい。話は署で聞こう」

「魔法警察手帳が通じない？　早く犯人を追わなきゃいけないのに！」

そこで零人が警官に告げた。

「彼女は間違いなく本物のマリリンです。捜査一課の中林《なかばやし》警部か速水《はやみ》刑事に確認を取ってもらえば分かります」

「そう言われてもな。犯人と同じ特徴の人間を見逃すわけには……ともかく署まで来てくれ」

この警官達とは零人も面識がなく、説得するのは難しそうだった。

グズグズしていたら犯人に逃げられてしまう。なんとか誤解を解かなければ。

零人が悩んでいると、マリリンが例のオモチャみたいなステッキをスチャッと構え、警官達に向けて振りかざした。

「えいっ！　サイコ・ブラスト！」

「うっ？　ぐあああああ！」

ステッキから光の波動がほとばしり、警官達が頭を押さえて苦しげにうめく。

やがて警官達は大人しくなり、虚《うつ》ろな目をしてたたずんでいた。

「マリリンは味方だよ！　分かった？」

「……はい」

「よし、それじゃ不審な人物や車輛《しゃりょう》を探して！　さあ、急いで！」

「了解です！」

マリリンに敬礼をして、警官二名はパトカーに乗り込み、サイレンを鳴らしながら猛スピードで走り去っていった。

零人《れいと》は顔を引きつらせ、おそるおそるマリリンに尋ねた。

「今のはまさか、魔法で洗脳を……？」

「そんなところだよ！　深く考えちゃだめ！」

すごく引っ掛かるし、見すごすのはまずいと思うが……今は強盗を追う方を優先する事にする。

北へ進むと大きな交差点があり、数台のパトカーが停まっていて、検問を行っていた。

速水刑事の姿を見掛け、零人は自転車を降りて声を掛けた。

「こんばんは。速水さんも来ていたんですね」

「近くを警ら中だったのよ。迷渕《まよいぶち》君こそ早いじゃない」

速水の話によると南方面にある交差点でも検問をやっているらしい。コンビニを挟んで南北の位置にある交差点で検問を行い、このあたり一帯をパトカーが巡回中だという。

車の通行量が少ないため、検問に引っ掛かる車も少なかった。三台の車が道路脇に停車し、警官のチェックを受けている。

「マリリン、犯人の顔は見たか？」

「分からなかったよ。零人は？」

「僕も顔は見えなかった。声がくぐもっていたし、たぶんマスクを着けていたんだろうな」

検問を受けている三台の車を観察してみる。

先頭に停まっているのは軽乗用車で、ドライバーは若い女性。

二台目は丸いデザインの小型車で、ドライバーは小柄な中年男性。

三台目はピックアップトラックの外車で、ドライバーはチャラそうな若い男。

三人とも身長差はほとんどなく、とんがり帽子とローブを着ていれば体型や性別の違いは分からないだろうと思われた。

どこかで衣装を脱いだのか。それなら車内のどこかにピンク色の衣装があるはずだが、どの車にもそれらしい物は載っていなかった。

「魔法で犯人かどうか確かめれば早いよ！　チャート・リバァァァース！」

マリリンがステッキを振るい、呪文を唱える。

虹色の光が三人のドライバーに降り注ぎ、そして……そのまま光が消えてしまった。

「あれれ？　うーん、どうやら三人とも犯人じゃないみたいだね！　ガッカリだよ！」

マリリンが残念そうに呟《つぶや》く。あの三人の中に犯人はいないらしい。

零人は少し考えてから、マリリンに告げた。

「確か、その魔法は……犯人が隠れている場合は無効なんだったな」

「そうだよ！　姿が見えていないとだめなのさ！」

「姿が見えていないと無効、か……」

魔法を認めたわけではないが、『そういう条件で成立するもの』だとして考えてみる事にする。

三台の車を眺め、零人はうなった。車内は検査済みで、残るはトランクスペースのみだという。

「車の中に一人ぐらい隠れられそうな気がするな……」

「確かに。調べた方がよさそうね」

速水がうなずき、軽乗用車のトランクを開けようとする。するとドライバーの若い女性が顔色を変えた。

「ちょ、ちょっとやめてよ！　人なんか隠れてないって！」

「いないのなら問題ないでしょう？　それとも警察に見られたら困る物でもあるのかしら」

「うっ……そ、それはその……」

「いいから開けちゃおう！　えいっ！」

マリリンが取っ手に手を掛け、パカッと後部ハッチを開ける。

軽乗用車の狭いトランクスペースには、縄で縛られ、猿ぐつわを噛《か》まされた中年男性が身体《からだ》を丸めて押し込まれていた。

「きゃあ！　なんか縛られたおじさんが出てきたよ！　どういう事？」

皆の視線が集中し、女性は観念したように呟いた。

「だ、だって課長が、奥さんと別れてくれるって言ったくせにいつまで経《た》っても別れないから……もうこうなったら一緒に死ぬしかないと思って……うわあああああん！」

「無理心中に向かう途中だったの？　邪魔して悪い事したね！」

縛られた男が何かうなっていたが、マリリンはニコッと笑ってトランクのハッチをバタンと閉めた。

そちらは後回しにして、次の車に移る。小型車の後部ハッチの前にはドライバーの中年男性がいて、トランクの点検を拒んでいた。

「これって任意なんでしょ？　中を見せる義理はありませんね」

「どうしても嫌だと言われるのでしたら、公務執行妨害で逮捕する事になりますよ」

速水が厳しい口調で告げたが、男は頑として譲らなかった。

マリリンがニコッと笑い、男にステッキを突き付ける。

「えいっ、スクリュートルネード！」

「うわあああああ!?」

男の周囲を取り巻く空気のみが渦を巻き、男は独楽《こま》のようにグルグルと高速で回転し、目を回して倒れた。

「邪魔者は排除したよ！　今のうちに開けちゃおう！」

マリリンが小型車の後部ハッチを開ける。するとそこには、小型の段ボール箱がギッシリと積んであった。

速水が段ボール箱を開け、中身を確認して眉根を寄せる。

「アダルトＤＶＤ……それもインディーズ物のようね」

「速水さん、それって……」

「迷渕君は見ない方がいいわ。とても卑猥《ひわい》な代物よ」

「裸の女の写真が一杯印刷されてるね！　変なの！」

「あなたも見ちゃだめ！　教育上よくないわ！」

ハッチを閉め、速水は男を拘束して手錠を掛けた。強盗とは無関係だったようだが、深夜だけに怪しい者がウロウロしているようだ。

最後の一台、ピックアップトラックに近付く。トランクはなく、代わりに小型の荷台が張り出している。座席の方には怪しい物は何もなく、荷台は空っぽだった。

「どこにも人なんて隠れてないだろ？　もう行っていいか？」

ドライバーの若い男が面倒くさそうに言う。零人が車を観察していると、マリリンがピョンとジャンプし、荷台に飛び乗った。

「なんにもないね！　空っぽだよ！」

「そ、そうだろ？　コイツの荷台は飾りみたいなもんだからさ」

「……」

マリリンが荷台に飛び乗った瞬間、男が顔色を変えたのを零人は見逃さなかった。

零人は荷台の内側をのぞき込み、手を振るマリリンに苦笑しつつ、荷台の隅に白い小さな物体が落ちているのに気付く。

「マリリン、それはなんだ？」

「えっ、これ？　ポップコーンみたいだね」

コンビニでマリリンが発砲した際、ポップコーンが飛び散ったのを思い出す。犯人はもっさりとしたローブを着ていた。衣服のどこかにポップコーンが入っていて、何かの拍子に落ちたのだとしたら……。

零人は荷台部分の外側や底面を観察し、呟いた。

「この荷台、少し底が浅くなっていないかな？」

「迷渕君、それって……」

「この手の車って改造車が多いらしいじゃないですか。荷台の底を二重にするぐらい簡単なんじゃないですか？」

速水がハッとして、ドライバーの男が目を泳がせる。零人が目を向けると、マリリンはニッコリと微笑《ほほえ》んでみせ、ステッキをスチャッと構えた。

「マリリンにお任せだよ！　えいっ、ビルドスクラッパー！」

ステッキのジュエルがピカピカと光り、車体に向けて赤い波動を放つ。

するとピックアップトラックの荷台を構成する部品がバラバラに分解し、ガランガランと音を立てて崩れていった。

マリリンはすばやく飛び降り、鉄屑《てつくず》になった荷台部分の下に空間があるのを見付け、ハッとした。

「二重底か！　犯人がいたよ！」

荷台の底から、ピンクの魔法使い装束を着た人物が這《は》い出してくる。

観念するかと思いきや、そいつはすばやく駆け出し、道路の隅に座り込んでいた軽乗用車の若い女性に飛び付き、羽交い締めにして立たせた。

「来るな！　近付くとこの女を殺すぞ！」

そいつの手には大型のナイフが握られていた。警官達を下がらせ、女性を引きずるようにして移動していく。

どうやら女性の軽乗用車を奪って逃げるつもりらしい。下手に刺激すると女性が刺されてしまう。

警官達《たち》が手を出せないでいる中、マリリンがズイッと前に出て犯人と対峙《たいじ》した。

「武器を捨てて人質を解放しなさい！　これ以上、罪を重ねちゃだめだよ！」

「やかましいわ！　お前らさえ邪魔しなきゃ、全部上手《うま》く行ってたんだ！　こうなったら地の果てまで逃げてやる！」

マリリンは表情を険しくして、犯人に叫んだ。

「警告を無視すると命の保障はできないよ！　マリリンの射撃の腕前は百発百中、この距離なら絶対に外さない！　人質には当てずにあなたの頭部にヒットさせるぐらい朝飯前さ！」

マリリンは既に銃を抜いており、ローブの袖から長い銃身をのぞかせていた。正確に自分の眉間に狙いを付けているマリリンに、強盗はうろたえた。

「よ、よせ、やめろ！　マジでこの女を刺すぞ！」

「そのナイフが一ミリでも人質に近付いたら頭を吹き飛ばす！　早く凶器を捨てなさい！」

基本的に日本の警察はなかなか発砲しないが、マリリンは違う。ちなみに速水《はやみ》刑事も違うのだが、今はどうでもいい話だ。

皆が息を呑《の》んで見守る中、強盗は人質にした女性の背後にサッと隠れ、彼女を盾にした。

あれではさしものマリリンも撃てない。どこまでも卑劣な真似《まね》をする強盗に、零人《れいと》はギリッと歯噛みした。

「それで隠れたつもり？　甘いよ！」

マリリンが叫び、引き金を引く。ドゴーン、という銃声が鳴り響き、その場に居合わせた全員が目を丸くする。

弾丸は光の軌跡を描きながら飛び、人質にされている女性に当たる直前で軌道を変え、女性を避けてその背後にいる犯人へと飛んだ。

「なっ、馬鹿な！……おぐっ！」

弾丸が眉間に命中し、犯人はバタンと倒れた。警官達が駆け寄り、女性を保護し、倒れた犯人の様子を見る。

とんがり帽子が脱げてしまい、マスクを外されたそいつは、目つきの悪い悪人顔の若い男だった。

しかも顎にはモジャモジャの髭《ひげ》が生えていて、マリリンは目を丸くした。

「やだ、ヒゲが！　ヒゲが生えてるよ！　こんなのが私の偽者なの？」

「あら、そっくりね。双子かと思ったわ」

「どこがだよ！　老眼なの、おばさん！」

「ああん？　もういっぺん言ってごらん、クソガキ……！」

「ま、まあまあ。二人とも落ち着いて……」

つかみ合いになりそうになったマリリンと速水を零人は慌ててなだめた。

白目を剝《む》いて倒れている男のどこにも傷らしきものが見当たらず、速水は首をかしげた。

「命中したように見えたけど。どうなっているの？」

するとマリリンが、黄金に輝く回転式拳銃《リボルバー》をスチャッと構えて笑顔で言う。

「今、撃ったのはショック弾だよ！　当たると気絶するけどくたばりはしないのさ！」

「そ、そう。便利な弾を持っているのね」

マリリンの銃に装塡された魔法弾にはいくつもの種類があり、今回は殺傷能力のない弾丸がこめられていたらしい。

犯人の命を奪わずに事を納めたマリリンに、零人は笑みを浮かべた。

いくら相手が犯罪者でも、簡単に命を奪うべきではないと思う。マリリンも同じ考えならうれしいのだが……。

「殺人犯だったら迷わず射殺してたけどね！　罪が軽い分、おまけしといたよ！」

「そ、そうなのか。ま、まあ、死人が出なくてよかったよ……」

今の銃撃にしろ、警官を洗脳した魔法にしろ、中年男性を襲った竜巻にしろ、トラックをバラバラにした魔法にしろ、どれもトリックでは説明が付かない気がするが……それでも零人は、魔法の存在を認める気にはなれなかった。

リアリストであるというのもあるが、もしもマリリンの魔法を認めてしまえば、最も認めたくない、とある事柄について肯定してしまう事になる。

零人としては、それだけは避けておきたかった。

「それにしても、こんな目つきの悪い悪人顔が偽者なんてショックだよ！　私には全然似てないし、魔法使いにも見えないよ！」

「強盗なんかやるような人間だからな。悪人顔なのは仕方ないさ」

少し手間取ったが、どうにか無事に強盗を逮捕する事ができた。

上司を誘拐して無理心中を図ろうとしていた女、非合法な猥褻《わいせつ》ＤＶＤを販売していた業者、強盗の共犯である男らも全員捕まり、一件落着。

何かを忘れているような気がしたが、事件は解決したのだし、大した問題ではないのだろう。零人は気にしない事にした。

一方、コンビニでは。

駆け付けた警察官が現場検証を行う中、小宮楓《こみやかえで》はうなっていた。

「なんでいきなりマリリンが現れたんだろ。それに森野《もりの》さんはどこに消えたの？　どうなってんのよ……」

第6章　謎の洋館失踪事件

ある日の夜、迷渕《まよいぶち》家のリビングにて。

唯一の家人である迷渕零人は、ローテーブルに着いてテレビを観《み》ていた。

なぜか彼の隣には隣の家に住む森野真理《まり》がいて、ポテチを食べながらテレビを観ている。

「なあ、森野さん。なぜ君がうちにいるんだ？」

「迷渕君が一人で寂しい思いをしているんじゃないかと思いまして。隣人としてのサービスですよ」

笑顔で呟《つぶや》く真理に、零人はため息をついた。

夕食を済ませた直後、いきなり真理が訪ねてきたのだ。

別に寂しくなんかないし、そんなサービスは必要ない。……と言いたいところだが、同級生の女子、それも真理のような美少女が自宅に来てくれるというのは、決して悪い気分ではなかった。

おそらく、寂しい思いをしているのは真理の方なんじゃないかと思う。ここは零人の方が大人になって、真理に付き合ってあげるべきか。

「自分の家だと思って、好きなだけくつろぐといいよ。毎日一人ですごすのが寂しいっていうのは分からないでもないし」

「なにを言っているんですか？　寂しいのは迷渕君の方でしょう」

「ふっ、そういう事にしてくれても構わないよ」

クールに振る舞う零人を見て、真理は首をかしげていた。

そろそろ映画が始まる時間だ。最近は地上波であまり映画をやらないので、放映されるのは希少だ。

タイトルが表示され、零人は「おっ」となった。

「『ハローウィンウィン・ライジング』か。シリーズ最新作だな」

「なんですかそれ？　楽しそうなタイトルですね！」

「三〇年以上前から続いてる、一部に熱狂的なファンがいるシリーズだよ。楽しいかどうかは、人それぞれかな」

「へー」

真理はタイトルすら聞いた事がないらしく、目をキラキラさせて興味深そうに画面を見ていた。やがて映画が始まり、薄暗い画面におどろおどろしい不気味なＢＧＭが流れ、真理はギョッとした。

「な、なんですか、これ……なんだか怖いですよ……」

「それはそうだろうね。ホラー映画だから」

「ホ、ホラー映画？」

「『ハローウィンウィン』シリーズはホラー映画黎明期《れいめいき》を代表する作品で、いまだに続編やリメイクが制作されている人気作だよ。内容は……不気味な仮面を着けた不死身の殺人鬼が自分の血縁者を付け狙って、邪魔する人間を次々に殺害していくという……まあ、よくある話だな」

「そ、そんな残酷な映画が人気なんですか？　どうかしていますよ！」

顔色を変えた真理に、零人は苦笑した。

真理の言いたい事も分かるが、人間には『怖い物見たさ』という欲求がある。どこか非現実的な事件を好んだり、手軽な恐怖体験を求めたりする。少し前にはジャパニーズホラーブームというのがあったし、ホラーというジャンルがなくなる事はないだろう。

映画のオープニングでは、どこかの廃墟《はいきょ》らしき建物の中で不気味な影に追われ、女性が悲鳴を上げて逃げ回っている。どうにか逃げ切ったかと思った直後、女性の前に謎の人物が出現し、無慈悲に凶器を振り下ろす。

「んきゃあああああああ！」

「!?」

悲鳴を上げたのは映画の登場人物ではなく、真理だった。

真理は真っ青になって悲鳴を上げ、隣に座る零人にガバッと抱き付いてきた。

遠慮も何もなしにしがみついてきた真理に零人は赤面し、慌てて彼女をなだめた。

「だ、大丈夫だよ、森野さん。あれはただの映画、フィクションだから。現実に起こっている事件じゃないんだよ」

「そ、それは分かってますけど……あっ、また別の人が狙われて……やだ、逃げて、逃げてえ！」

「も、森野さん、落ち着いて……」

真理は零人にしがみついたまま離れず、怖いシーンになるたびに悲鳴を上げ、さらに強く抱き付いてきた。

童顔だがかなり出る所は出ていて、やたらと柔らかい真理にベッタリとくっつかれ、零人は戸惑うばかりだった。真理の甘ったるい匂いが漂い、頭がぼうっとしてきてしまう。

「ま、まあ、あれだな。これだけ怖がってもらえれば、映画の制作スタッフも満足なんじゃないかな」

「こ、こんな映画を作ってる人達なんか逮捕するべきですよ！　あっ、また罪もない人が狙われて！　なんでいちいち相手の恐怖を煽《あお》ってから殺しちゃうんですか？　意味が分かりません！」

「いや、そういう映画だし。観客を怖がらせる演出だよ」

「悪趣味にもほどが……きゃあああああ！」

ホラー映画を観た事がないのか、真理は本気で怖がっていた。

そう言えば、映画の放送が減っただけではなく、ホラー映画などはほとんど放送されなくなった気がする。

零人はリアリストだが、映画に関しては、現実離れしたものが割と好みだったりした。SFやファンタジーは大好物だし、ホラーサスペンスもかなり好きだ。B級映画なんかを好んで観たりもする。

それにしても、いつも余裕の笑みを浮かべている真理がここまで取り乱すとは。真理の意外な一面を知り、零人はなんだか得した気分だった。

「このシリーズ、登場人物のほとんどがもれなく死んじゃうんだよな。主人公が死ぬ場合も多いから、ファンの間では誰が生き残るのかで論争になったりするんだ。ちなみにこの映画、森野さんは誰が生き残ると思う？」

「そんなの知りませんよ！　でも、さすがにこのヒロインっぽい人は死なないんじゃ……あっ、いきなり殺されちゃった!?　ひいい！」

「ふふ、予想外だろ？　映画的な常識が通用しないシリーズなんだよ」

「どうかしてますよ……」

翌日、零人《れいと》は真理と共に学校へ向かって歩いていた。

昨日の映画のショックがまだ尾を引いているらしく、真理は元気がなかった。

「ううっ、昨夜はひどい目にあいました……あんな映画を放映するなんてテレビ局はイカれてますよ……関係者全員を逮捕して徹底的に締め上げてやるべきです……」

「なんの罪で？　表現の自由は守らないとね」

零人が冷静にツッコミを入れると、真理はプクッと頬をふくらませた。

「相変わらずだめですね、迷渕君は。か弱い女の子が愚痴をこぼしているのにそんな面白くもない正論を述べるなんて。そこは『そうだね、死刑にするべきだよね』と言って同意するべきでしょう？　ダメな人ですねー」

「ぼ、僕が間違ってるのか？　そんな馬鹿な……」

「正しければいいってもんじゃありませんよ。もっと思いやりを持ってください」

「……」

真理に非難され、零人は口をつぐんだ。

今一つ納得できないものの、他人からよく「融通が利かないやつ」と言われるのを思い出し、反論できなくなってしまう。

事件の推理においてはなるべく柔軟な思考を心掛けているつもりなのだが、それだけではだめなのか。零人が悩んでいると、真理が問い掛けてきた。

「あの映画、迷渕君はどうだったんですか？」

「えっ？　そうだな……ストーリーに一捻《ひとひね》りあって、割と面白かったかな」

「なっ……あ、あれが面白かったですって!?　どこがですか！」

「いやほら、犯人の正体とかさ。伝説の殺人鬼の仕業に見せかけて、真犯人は別にいる……と見せかけてやっぱり殺人鬼が犯人と思いきや、さらに黒幕がいるとか。まあよくあるパターンではあったけど」

「そんなの分かりにくくしてるだけじゃないですか！　あんな怖い映画のどこが面白いんですか！」

「恐怖を煽る演出もよかったと思うけど。カメラワークやカット割りも凝ってたよね。残酷な描写をモロに見せないのも悪くなかったな」

零人が素直な感想を述べると、真理は目をまん丸にして驚き、異次元人を見るような目で零人を見ていた。

「なんだか賢そうな評価なんかして……あっ、さてはそうやって怖いのを誤魔化してるんですね！　そうに決まってます！」

「いや、それなりに怖くはあったけど。そこまで大騒ぎするほどでもなかったかな」

「またそうやって大人ぶって……嘘《うそ》ばかりつくと偽証罪で逮捕されますよ？」

零人が怖がっていないのが気に入らないのか、真理は面白くなさそうにしていた。

ここは彼女に合わせて怖がってみせるべきだったか。しかし、それが正解だとも思えない。映画の感想ぐらい素直に言わせてもらいたいものだ。

教室に入ると、零人が来るのを待ち構えていたようにして小宮楓《こみやかえで》が駆け寄ってきた。

「た、大変だよ、迷渕！　事件だよ、事件！」

「またいきなりだな。小宮がそこまで慌てるという事は……宇宙人でも攻めてきたのか？」

「あたしが慌てる基準、おかしくない!?　そうじゃなくて、奇妙で奇怪で謎だらけな事件なのよ！」

「？」

楓がスマートフォンを差し出してきて、零人はそれを受け取り、画面を見てみた。

いつものヤホーネットニュースではなく、某匿名掲示板のスレッドが表示されている。

『怪奇スポットを報告するスレ』というタイトルを見て、零人は眉根を寄せた。

「怪奇スポットね……心霊現象とかそういうのか？　悪いけど、僕はあまり興味ないな」

「いいからそこの書き込みを読んでみてよ」

「なになに……悪霊が棲《す》む館？　閉鎖された洋館に霊が出るという噂《うわさ》があり、それを確かめに行った者が次々と行方不明に……今度、行ってみるわー……なんだこれ？」

「その洋館に行ってみるっていう書き込みはいくつもあるのに、結果を報告する書き込みは一つもないのよ。洋館があるあたりじゃ行方不明者が続出していて、警察に届けを出してるんだって」

「警察に？　じゃあ、実際に行方不明者が出ているって事か……」

掲示板の書き込みだけでは事件かどうか判断が付かないが、警察に捜索願が出ているとなると現実味を帯びてくる。

顎に手をやってうなる零人に、楓は真剣な顔で訴えてきた。

「実はさ、あたしの友達がそこに行ったらしくて……」

「小宮の友達が？　おい、まさか……」

「うん、そうなの。その子、行方不明なのよ」

単なる噂話だけではなく、楓の知人に被害者が出ているという事らしい。

驚く零人に、楓が言う。

「迷渕《まよいぶち》は会った事あるかな。中学の時、あたしと同じクラスだった長沢《ながさわ》マキって子」

「長沢……ああ、覚えてるよ。金色に染めた髪を地毛だって言い張ってたっけ。ハーフだとか言ってたけど純粋な日本人だったよな」

「そうそう、その子。よく覚えてるね」

「一度でも会った事のある人間は忘れないよ。彼女が行方不明なのか」

美人だがあまり柄のよくない少女だったと記憶している。ついでに言うと非常に胸が大きかったと思うが、そこは黙っておく。

楓は悲痛な表情を浮かべ、ポツリと呟《つぶや》いた。

「マキは霊とかそういうのが好きでさ。掲示板の書き込み見て自分も行ってみたくなったんだって。あたしも行かないかって誘われたんだけど、なんか気乗りしなくて断っちゃったんだよね。そしたら、行方不明になっちゃって……あたしが一緒に行ってればこんな事にはならなかったんじゃないかって思うと……」

「それは小宮のせいじゃない。自分を責めるなよ」

「うん、ありがと。でも、やっぱり気になるんだよね……」

零人は思案し、楓に尋ねた。

「その友達が問題の洋館に行ったというのは間違いないのか？」

「たぶん。今から洋館に入るってメールが最後に来たから」

「そうか……警察には届けてるんだな？」

「うん、マキの親が捜索願を出してるって。でもまだ見付からないみたい。もう三日も経《た》ってるのに」

「ふむ……」

単なる家出の可能性もあるが、はたして家出をする前に怪奇スポットに行ってくるなどと連絡してくるだろうか？

零人は霊の存在など信じていないが、楓の友人がなんらかの事件に巻き込まれているのは確かなようだ。怪しいのは、やはり悪霊が棲むという洋館か。そこに何かあるのかもしれない。

「あたし、その洋館に行ってみようって思うの」

不意に楓がそんな事を言い出し、零人はギョッとした。

「本気か？」

「うん。あたしも悪霊なんて信じてないけどさ、そこに何か手掛かりがあるかもしれないでしょ？　ちょっと調べてみようかと……」

「やめた方がいい。一人で行くのは危険だ」

「で、でも、警察が調べてくれるとは思えないし、ほっとけないよ。何かあるのかないのか、確認するだけでも……」

楓はもう、洋館に行くと決めている様子だった。

そこそこ長い付き合いだ。彼女が言い出したら聞かない事ぐらい知っている。零人はため息をつき、楓に告げた。

「仕方ないな。僕も一緒に行くよ」

「えっ、迷渕も来てくれるの？　マジで？」

パッと表情を明るくした楓に、零人は苦笑した。

「その反応、僕が行くと言うのを期待していたな？」

「あ、あはは……ま、まあ、ちょっとはね」

楓は目を泳がせ、バツが悪そうにぎこちない笑みを浮かべていた。

仕方ない、付き合うか。事件なのは確かなようだし、楓を一人で行かせるわけにもいかない。

するとそこで、黙って話を聞いていた真理《まり》が口を開いた。

「あ、あの……つまり、その悪霊の館とやらに迷渕君と小宮さんは行くわけですか？」

「ああ、そうだよ。どうも事件みたいだしね」

「あ、危ないですよ！　悪霊に呪い殺されたらどうするんですか!?」

「悪霊なんているわけないって。心配ないよ」

零人が安心させるように言うと、真理はキッと表情を引き締め、何かを決意したような顔で呟いた。

「……分かりました。なら、私も一緒に行きます」

「えっ？　でも、悪霊の館だぞ？　森野《もりの》さんはやめた方が……」

「いいえ、そうはいきません。私が行かなかったばっかりにお二人が行方不明になったりしたら、悔やんでも悔やみきれませんよ。絶対に付いていきます！」

凛《りん》とした態度でキッパリと告げた真理に、零人は苦笑した。

これで両の膝がガクガクと震えまくっていなければ、格好良かったのだが。

「森野さん、無理はしない方が……」

「む、無理なんかしてませんし！　あ、悪霊なんか全然怖くありませんとも！　う、うふふふ」

「声が上擦ってる上擦ってる。来てくれるんなら助かるけど……本当にいいのか？」

「ももも、もちのろん、ですよ！　わわわわ、私にお任せあれ！」

短い付き合いだが、真理が頑固なのは理解している。こうなるともう何を言っても無駄だろう。零人はため息をつき、真理に告げた。

「じゃあ、一緒に行こう。大丈夫、ちょっと調べるだけだから危険はないよ」

「は、はい！　お任せを！」

震えながら元気よく返事をする真理に、零人は苦笑した。

その傍らで、楓は難しい顔をして、ジッと真理を見つめていた。

「小宮？　どうかしたのか？」

「う、ううん、別に。二人が一緒なら心強いよ」

「？　そうか？」

ともあれ、行方不明になった楓の友人を捜すため、『悪霊の館』に三人で行ってみる事になった。

霊などいるはずがないと考えている零人《れいと》だったが、どうも嫌な予感がしていた。探偵の勘とでもいうのだろうか。何か危険なものが待ち構えているような気がする。

それが具体的にどのような類《たぐい》の危険なのか、さしもの高校生探偵にも分からなかった。

問題の『悪霊の館』は住宅地から遠く離れた郊外にあった。放課後、バスで近くまで移動し、零人達《たち》は洋館へ向かった。

周囲を森に囲まれていて、広大な敷地に巨大な洋館がそびえ立っている。建物の規模は大きいが、窓の配置から見て二階建てのようだ。現在は誰も住んでいないらしく、敷地内には雑草が生い茂り、建物自体もボロボロだった。

敷地の入り口にある壊れた鉄のアーチの手前に車が停《と》まっていて、零人は首をかしげた。

「あれ、この車は……」

すると車のドアが開き、見慣れた人物が降りてきた。

「迷渕君？　どうしてここに……」

それは速水《はやみ》刑事だった。中林《なかばやし》警部までいる。

「こんにちは。速水さん達こそ、どうしてここに？」

「ここへ来た人間がみんな行方不明になっているらしいのよ。それで一応、調べてみる事になったの」

「不確かな情報なので捜査員を割くわけにはいかなくてな。速水君だけではさすがに危険なので、私も同行する事にしたのだ」

どうやら、警察も一応動いてくれているらしい。

思わぬ援軍を得て、零人は笑みを浮かべた。

「実は、僕達も調べに来たんですよ。知人が行方不明になってしまって……」

事情を説明すると、速水達は顔を見合わせていた。

「やはりこの洋館が怪しいですね、警部」

「ううむ、そうだな……」

「どうかしたんですか？」

零人が尋ねると、速水が答えた。

「警察は洋館と失踪事件とは直接の関係はないという見解なのよ。行方不明者が洋館の噂を利用して、ここへ行った事にして行方をくらましているんじゃないかとね。要するに単なる家出だと考えているわけ」

「そんな……！　ひどい！」

楓が信じられないといった顔で声を上げ、速水は決まりが悪そうにしていた。

零人はうなずき、納得したように呟いた。

「なるほど。確かにその可能性も考えられるか……」

「迷渕!?　あんたまで警察と同じ考えなの？」

顔色を変えた楓《かえで》に手をかざして制し、零人は冷静な口調で呟いた。

「落ち着け。現在の状況を考えると警察がそう判断しても無理はないと思うだけだ。それに速水さんはそうじゃないと考えているんでしょう？」

「ええ。行方不明者のほとんどが家出をするような理由のない人ばかりだし、皆がそろってこの洋館の噂《うわさ》を利用するというのも不自然だと思うの。ここに何か原因があるような気がして仕方ないのよ」

どうやら速水も零人と同意見らしい。中林警部は否定派のようだが。

「速水君が調べてみたいというので許可したが……心霊スポットなどに何かあるとは思えないというのが正直なところだな」

「どうでしょうね。何者かが洋館の噂を利用して訪れた者を捕らえている、という可能性もあるんじゃないでしょうか？」

「さすがは迷渕君ね。私も同じ考えよ」

速水がうなずき、笑みを浮かべる。中林警部はため息をつき、観念したように呟いた。

「なんにせよ、調べてみれば分かる事だ。何も出ないと思うがね」

「僕達も同行させてもらっていいですか？」

「帰れ、と言っても無駄だろう？　こうなったら君達にも手伝ってもらおう。その方が早く終わるだろうしな」

「ありがとうございます」

警部の許しをもらい、零人と速水は顔を見合わせて笑みを浮かべた。

楓はほっとしたように息をつき、ずっと黙っている真理はと言えば、小刻みに震えていた。

「け、警察が一緒なら安心ですね……悪霊が出ても射殺してくれるでしょうし……」

「森野さん、大丈夫？　幽霊みたいな顔してるけど……」

「へ、へっちゃらですとも！　ご心配なく！」

楓から心配そうな目を向けられ、真理はガタガタと震えながらサムズアップしてみせた。

ともあれ、ここで刑事二人と合流できたのは幸運だったと言える。捜査のプロがいてくれれば犯罪の痕跡を見落とす可能性は低くなるし、万が一の場合にも頼りになる。

夕闇に浮かぶ不気味な洋館を見やり、零人は気持ちを引き締めたのだった。


とりあえず館に入ってみようという事になり、零人達は館の敷地に足を踏み入れた。

敷地内は荒れ放題で雑草が生い茂っているが、正面玄関まで続く通路は確保されていた。館を見学に来た誰かが雑草を刈り取ってくれたのかもしれない。

通路を進み、正面玄関へ。扉は閉ざされていたが施錠されておらず、簡単に開いた。

当然ながら建物内部には照明などなく、中は真っ暗だった。これは零人達も予想していたので、ここに来る途中でコンビニに寄って人数分のLEDライトを購入していた。

速水達もライトを持参していて、五人はそれぞれライトを点灯し、館内部の様子を見回した。

「これは……予想以上に傷んでいるな」

広々とした玄関ホールは荒れ果てていて、相当長い期間放置されているのが分かった。ソファやテーブルなどの家具類は一つ残らず壊されていて、壁のあちこちに穴が開いている。中に忍び込んだ人間が面白半分に壊したのだろう。

床には埃《ほこり》が積もり、無数の足跡が残っていた。かなり大勢の人間がここを訪れているようだ。

「結構昔から、ここは怪奇スポットとして有名だったらしいわね。あまりにも不気味な場所だから、訪れる人間はそんなに多くなかったらしいけど」

「この足跡は何年もの積み重ねの結果というわけですか。物好きな人間もいたものですね」

速水の説明を聞き、零人はうなずいた。皆で玄関ホールを見て回ったが、特に怪しい要素は見当たらない。

ホールの中央に、二階へ上がる吹き抜けの階段がある。そこにも沢山の足跡が残っていた。

階段を見上げ、中林警部が言う。

「これだけ広い建物だ。手分けをして調べた方がいいだろう。私は二階を調べてみる。君達は一階を頼む」

「警部一人では危険ですよ。私も行きます」

速水が呟《つぶや》き、刑事二人は館の二階へ向かう事になった。零人はうなずき、二人に告げた。

「お二人とも気を付けてください」

「ありがとう、迷渕《まよいぶち》君。あなたも気を付けてね。何かあったらすぐに知らせて」

零人に手を振り、速水は中林警部と共に階段を上っていった。

二人を見送ってから、零人は楓と真理に告げた。

「さて、それじゃ僕らも行こうか。一階にある部屋を調べてみよう」

「う、うん、そうね」

コクンとうなずく楓の傍らで、真理は青い顔をしてガタガタと震えていた。

「ああっ、せっかく手に入れた国家権力が……戦闘用オプションが離れていく……別行動取るんなら合流した意味ないじゃないですか！　なんなんですかあの人達は！　出番が欲しかっただけ？」

「どうしたんだ、森野《もりの》さん。大丈夫、無人の建物を探索するだけだから危険はないよ」

「またそうやって何か起こりそうなフラグを！　お約束すぎますよ迷渕君！」

やはり真理《まり》は怖がっているらしく、いつもの落ち着いた態度は消え失《う》せ、わけの分からない事ばかり言っていた。

零人と楓は真理をなだめ、一階の探索に取り掛かった。玄関ホールを抜けると、左右に延びている通路があった。とりあえず右手へ向かってみる。

こちらも玄関ホールと同じく荒らされていて、壁のあちこちに穴が開いている。床にはカーペットが敷かれているが、やはり埃が積もっていて、いくつもの足跡が残っていた。

ライトで周囲を照らしながら進み、零人は通路の観察を行った。今のところ、特に怪しい物はない。

「ううっ、この嫌な空気、普通じゃないですよ……ここには何かあるに違いありません……」

真理は零人に縋《すが》り付き、腕を絡ませてベッタリくっついてきた。

離れようとしない彼女に赤面しつつ、零人は落ち着いた口調でなだめた。

「確かに不気味な雰囲気だけど、それだけだよ。それよりも誰かが潜んでいるかもしれない。油断しないで」

「こ、こんな所に人がいるとは思えませんが……小宮《こみや》さん、ちゃんと付いてきて……小宮さん？」

楓の返事がないので、真理は慌てて背後に目を向け、息を呑《の》んだ。

「こ、小宮さん？　小宮さんがいませんよ？　や、やだ、さっきまでいたのに……」

「はぐれたのか。通路の反対側へ行ったのかな」

零人は通路の逆方向を照らしてみたが、奥までは光が届かず、何も見えなかった。

真理がガタガタと震え、涙目で零人に告げる。

「きっと悪霊の仕業ですよ！　小宮さんを助けないと！」

「まさか。はぐれただけだよ。でも、一人で行動するのは危ないな。捜しに行こうか」

真理はコクコクとうなずき、零人に絡ませた腕に力を込めた。

「大丈夫、悪霊なんていやしないさ。いるとしたら誘拐犯だろう」

「ま、迷渕君は、この異様な空気が分からないのですか？　ここって絶対、ただの空き家なんかじゃないですよ……」

そう言われても零人はピンと来なかった。霊の存在など信じていないのだ。

この世にはまだまだ科学で解明できない事があるとは思うものの、それは人類の科学が発展途上にあるからだと考えている。

悪霊の館など、単なる都市伝説だろう。そもそも具体的にどんな悪霊がいるのか誰も知らないのに、勝手に怖がっているだけではないのか。

零人は自分自身が実際に目にした物しか信じない。探偵とはそうあるべきだと思っている。

しがみついたまま離れようとしない真理をうながし、通路の反対側へと歩いていく。

玄関ホールへの入り口まで戻り、さらに通路の先へと向かってみる。通路の両サイドにはいくつかドアがあったが、そのどれにも板が打ち付けられていて、開かないように封鎖されていた。

突き当たりまで行ってみたが、何も見付からず、入る事のできる部屋もなかった。仕方なく引き返し、玄関ホールへ戻ってみる。

「おかしいな。小宮はどこへ行ったんだ？」

「だから、悪霊にさらわれたんですよ！　早く助けてあげないと！」

「……」

悪霊などいるはずはないが、さらわれたというのは事実かもしれない。

やはりこの洋館には何者かが潜んでいて、訪れた人間を捕らえているのか。何が目的なのかは分からないが、ロクでもない事に違いない。

玄関ホールに楓の姿がないのを確認し、零人《れいと》は呟いた。

「僕達《たち》だけでは見付けられないかもしれない。速水《はやみ》さん達と合流しよう」

「そ、そうですね。その方がいいですよ」

真理がうなずき、二人は二階へ続く階段を上った。

階段を上りきったところから左右に通路が延びていて、二階の構造は一階と同じようだった。

まずは右へと向かってみる。ここも荒らされていて、壁には穴が開き、埃の積もった床にはいくつもの足跡が残っている。

通路の左右にはドアが並んでいるが、やはり板が打ち付けられていて、どれも封鎖されていた。

突き当たりまで行き、何もないのを確認して、来た道を引き返す。

「おかしいな。二階を探索しているのなら、速水さん達は動き回っているはず。なのに全然、物音がしないなんて……」

「迷渕君、電話をしてみてはどうでしょう？　スマホは持ってきていますよね」

「ああ、そうだね。連絡してみよう」

スマートフォンを取り出し、速水に電話しようとして、零人はうなった。

「嘘《うそ》だろ。圏外だ。ここじゃ携帯電話は使えないみたいだな」

「えっ？　じゃ、じゃあ、警察の人達や小宮さんとは連絡取れなくて、助けも呼べないという事ですか？」

「そうなるな。森野さんのスマホはどう？」

「あっ、はい、私のは……ああっ、私のも圏外です……」

真理のスマホも使えず、二人はガックリ来てしまった。

外部との連絡を取る手段がないと分かり、さしもの零人も冷や汗をかいた。

ともかく速水達と合流しようと思い、急いで二階の通路を左へ進む。だが、どの部屋も封鎖されていて、どこにも速水達の姿はなかった。

「速水さんと中林《なかばやし》警部はどこへ行ったんだ？　考えたくないが、まさか二人とも……」

「あ、悪霊です、悪霊の仕業ですよ！　二人とも悪霊にさらわれてしまったに違いないです！　ふえええええ……！」

真理が泣きそうな顔で叫び、オロオロとうろたえる。

そんな馬鹿なと思いつつ、零人も寒気を覚えずにはいられなかった。

悪霊ではないにしても、何者かが楓《かえで》に続いて速水達まで拉致したとなると、これは緊急事態だ。

次に狙われるのは、零人か真理のいずれかだろう。現役の刑事二人までをも捕らえてしまうような相手から身を守る事ができるのか。正直言って、零人は自信がなかった。

涙目で震えている真理の肩に手を置き、零人は強い口調で訴えた。

「森野さん。もしも僕がいなくなったら、急いでここを出て、電話が繋《つな》がるところまで移動して助けを呼んでくれ」

「迷渕君までいなくなっちゃうんですか？　そんなの嫌ですよ！」

「僕だって嫌だけど、今回の犯人は油断ならない相手みたいだ。最悪の場合、君だけでも逃げてくれ」

零人の言葉を聞き、真理は目尻に浮かんだ涙を拭った。

キリリと表情を引き締め、拳で胸を叩《たた》いて言う。

「も、もう怖がりませんよ！　必ずここから脱出して助けを呼びましょう！　迷渕君も一緒に！」

「そうだね。二人でがんばってみるか」

零人と真理はうなずき合い、改めて気持ちを引き締めた。

玄関ホールに戻り、もう一度室内を見回す。ライトで周囲を照らしながら、零人はうなった。

「一階も二階も封鎖されている部屋ばかりで、通路以外にはどこへも行けなかった。誰かが潜んでいるとして、一体どこにいるんだ……？」

「犯人は悪霊だから壁をすり抜けて現れるのではないのですか？」

「仮に、犯人が悪霊だとして、さらった人間まで壁を通り抜けられるかな？　どこかに隠し通路でもあるんじゃ……」

しかし、これだけ広くて暗い館の中で、どこにあるのか分からない隠し通路の入り口を探すのは大変そうだ。

壁にはいくつもの穴が開いているだけで、パッと見た感じでは怪しい場所などどこにも……。

「……待てよ。これはもしかして……」

「どうしました？　悪霊の出入り口が見付かったとか？」

「……」

零人は無言で壁に近付き、穴の一つを指して呟いた。

「単に壊されているだけかと思ったが……よく見ると、人が通れそうな大きさの穴がいくつかあるな」

「確かに。あっ、じゃあ、もしかして……」

ハッとした真理にうなずき、零人は穴の中をのぞき込み、ライトで照らしてみた。

「……やっぱり。壁の中に通路があるぞ。たぶん、ここを通って犯人は移動してるんだな」

あちこちに穴が開いているので、まさかその中に隠し通路があるとは思いもしなかった。つまり、最初から通路の出入り口は開きっ放しだったわけだ。

建物内部の廃墟《はいきょ》のような様子にすっかり騙《だま》されていた。我ながら間抜けだと思い、零人は舌打ちした。

「くそ、もっと早く気付いていれば……誰もさらわれなかったのに……！」

「今さら言っても仕方ないですよ。それよりも早く助けに行きましょう！」

「そうだな。急ごう」

零人は穴の中に入り、真理も後に続いた。

壁の中にある通路は意外と広く、大人でも余裕で通れそうな幅があった。ライトで照らしつつ、建物の奥に向かって進んでみる。

玄関ホールから一階の通路に差し掛かったあたりで行き止まりになり、床と天井に穴が開いていた。梯子《はしご》が備え付けられていて、上下の階へ移動できるようになっている。

「建物は二階建てで、上の階に人の気配はなかった。下へ降りる階段がなかった事から考えても、犯人が隠れているのは下の方だな。地下室があるのか」

「小宮さん達もそこにいるのでしょうか？」

「おそらくね。犯人と鉢合わせするかもしれない。気を付けて」

「は、はい」

梯子に取り付き、零人から先に下りていく。真っ暗なのでかなり危険だったが、足を踏み外さないように注意しながら慎重に進む。

建物二階分の高さほど下りたあたりで、下の方からぼんやりと光が差し込んできた。どうやらあそこが終点のようだ。

梯子を下りきり、零人は地下にある隠し部屋に出た。真理《まり》も下りてきて、あたりを見回す。

「まあ……地下にこんな広い部屋があったんですね」

真理の言う通り、そこは地下室と呼ぶにはかなり広い部屋だった。

天井は高く、床や壁は石で固められていて、なんだか神殿のような感じだ。

人の気配はなく、不気味に静まり返っている。てっきり狭い地下室で犯人の一団が待ち構えているのでは、と考えていた零人は、面食らってしまった。

広い部屋の各所に燭台《しょくだい》が並び、ぼんやりとした光で室内を照らしている。部屋の奥には祭壇のようなものがあるのが分かった。

零人が祭壇の方へ向かおうとすると、真理が声を上げた。

「ま、迷渕《まよいぶち》君！　こっちに小宮《こみや》さん達が倒れていますよ！」

「!?」

部屋の片隅に、楓と速水刑事、中林警部の三人が横たわっていた。零人は慌てて三人に近付き、脈を取ってみた。

「よかった、生きてる。三人とも眠らされているだけみたいだ」

「本当によかったです。でも、犯人はどこにいるのでしょう？」

真理が呟《つぶや》いた、その時。

部屋の奥、燭台の光が届かない闇の中から浮き出るようにして、人影が現れた。

その姿を目にして、零人はギョッとした。

「あ、あなたは……この前の執事さん……？」

執事服に身を包み、白髪をオールバックにした初老の男性。

それは以前、金持ちの社長が槍《やり》で殺害された事件の際、被害者の屋敷にいた老執事だった。

意外な人物の登場に、零人は驚きを隠せなかった。

なぜ、彼がこんな所にいるのか。答えは一つしかないが、まさかこのような形で再会するとは思いもしなかった。

「お久しぶりです、迷渕君。またお会いできるとは思いませんでした」

「それはこちらの台詞《せりふ》ですよ。執事さんはどうしてここに？」

「私は元々、この館の住人なのですよ。あの屋敷へはバイトで勤めていただけなのです」

「こんな所に住まわれているのですか。苦労されているのですね」

どこか同情した様子の真理をよそに、零人は眉根を寄せた。

……バイトの執事ってなんだ。こんな廃墟に住んでいるとはどういう事なんだ。色々と言いたい事はあるが、今はそれどころじゃない。

零人は気持ちを引き締め、相手の様子を油断なくうかがいつつ、執事に尋ねた。

「ここを訪れた人間をさらっていたのは、あなたですね？」

「ええ、まあ。お察しの通りです」

「なぜ、そんな真似《まね》を……理由を聞かせてもらえませんか？」

「それは……」

執事が口を開き掛けた、その時。部屋の奥の闇から浮き出るようにして、新たな人物が姿を現した。

二〇代半ばぐらいと思われる、美しい女性。その顔に零人《れいと》は見覚えがあった。

それは、例の屋敷にいた家政婦の女性だった。今日はメイド服ではなく、ゴスロリ風のドレスをまとっている。

「ふふふ、お久しぶりね。当家へようこそ、お二人さん。歓迎するわ」

「なっ、メイドさんまで？　あなたもここに住んでるんですか？」

「メイドはバイトよ。人間社会で生きていくためには、お金が必要だからね」

女性が愉快そうに呟き、老執事が零人達《たち》に告げる。

「こちらは当家の主《あるじ》、闇坂奏《やみさかかなで》様にございます。そして私めは奏様にお仕えする忠実なる僕《しもべ》、鈴木《すずき》と申します」

「えっ、じゃあ……メイドさんが執事さんの本当のご主人様だったという事ですか？」

零人が尋ねると、執事の鈴木は首を横に振り、不意に糸のように細い目をクワッと開き、叫んだ。

「ご主人様ではありません！　女王様です！」

「ええっ!?」

「この馬鹿！　その呼び方はやめろって言ってるでしょうが！」

奏が長い脚を振るい、鈴木の尻に蹴りを入れる。すると老執事は頬を紅潮させ、「ありがとうございます！」と礼を言っていた。

どうやらドMだというのは事実だったらしい。嫌なものを見てしまったと思いつつ、零人は二人に問い掛けた。

「この館があなた達の住居だとして、なぜ訪れた者を拉致しているんですか？」

「それは……」

答えようとした鈴木に手をかざして制し、奏が言う。

「さて、なぜかしらね？　当ててみたら、名探偵さん」

随分と挑発的な物言いだ。零人達をからかっているのだろうか。

零人はニヤニヤと笑う奏をジッと見つめ、静かに呟いた。

「僕には分かりません。答えてくれないのなら、これは迷宮入りかな……」

「迷渕君？　それって……」

真理がハッとして、零人を見つめる。「迷宮入り」――それは零人が犯人を追い込む際に使うワードだったはず。

　奏は気付いた様子もなく、笑みを浮かべた。

「あら、さすがの高校生探偵もお手上げ？　うふふ、あははは！」

　愉快そうに笑う奏を見据え、零人は呟いた。

「分かりませんが、いくつか考えられる事はあります」

「えっ？」

「まず、上の建物の様子から考えて、ここには誰も住んでいない事になっている。あなた達が住んでいる事は誰にも知られたくない秘密なんでしょう。だから面白半分に建物を調べられては困る、といったところですか」

「そうね。それもあるわね」

「そしておそらく、理由はそれだけではない。あなた方は捕らえた人間を何かに利用しようとしている。そうでなければわざわざ捕まえる必要はないはず。住んでいるのを知られたくないだけなら追い払えばいいのだから」

「そ、そうかもしれないわね……」

「そこから先は、残念ながら僕には分からない。人身売買か、人体実験か……あるいは、もっとおぞましい何かか。犯罪的な行為なのは間違いないだろうけど」

　零人の言葉を聞いた奏は顔を引きつらせ、口元をヒクヒクさせていた。

ほぼ全てを見抜かれているのを知り、あせっているのか。だが、怒っているようにも見える。

零人をジロッとにらみ、奏は不愉快そうに吐き捨てた。

「そんなくだらない理由じゃないわよ、失礼な！　そこらの不審者や犯罪者と一緒にしないでくれる？」

「でも、女王様とその僕なんですよね？　それって普通に不審者なのでは……」

真理が困ったような顔で呟くと、奏は眉を吊《つ》り上げた。

「違うって言ってるでしょうが！　いいわ、教えてあげる！　私達の目的は……捕まえた人間を食料にするのよ！」

「!?」

零人と真理は顔を見合わせ、共に首をひねり、奏に目を向けた。

「つまり、捕まえた人間をあなた達の食料にすると？」

「そうよ！」

「食べちゃうんですか？　それって、何かの比喩とかじゃなくて？」

「ええ。言葉そのままの意味よ」

平然と答える奏を見やり、零人と真理は真っ青になった。

「に、人間を食料にするためだって……これはさすがに想定外の動機だな……」

「ふ、不審者よりもタチの悪い異常者です……怖すぎですよね……」

　そこで老執事が、二人に告げた。

「いえ、食料にすると言っても人間そのものを食するわけではございません。血を吸うだけでございます」

「血を……吸う？　それって、まさか……」

「はい。我らは俗に言う、吸血鬼の一族ですので」

　執事が口を開き、鋭く尖《とが》った牙を披露してみせる。奏も牙を剝《む》き出しにしてみせ、その瞳に赤い光を宿した。

　零人は目を丸くして驚き、よろめいた。ブルブルと肩を震わせ、呆然《ぼうぜん》と呟く。

「そ、そんな、吸血鬼だって……嘘《うそ》だろ……」

「ふふ、さすがに驚いたようね。さしもの名探偵でも予想できなかったでしょう？」

「……そんなオカルト的なもの、存在するわけないじゃないか！　吸血鬼だって？　馬鹿な、ありえない！」

「いやほら、ここに二人もいるんだから信じなさいよ。世の中にはまだまだ科学で解明できない不可思議な事があるのよ」

「よせ、聞きたくない！　僕は信じないぞ！　吸血鬼なんているわけないんだ！」

　両手で耳をふさぎ、零人は奏との対話を拒否した。

リアリストである彼は、吸血鬼の存在など認められない、認めるわけにはいかないのだ。

奏と鈴木は困った顔をして零人を見やり、その隣に並ぶ真理に視線を移した。

真理はコホンと咳払《せきばら》いをして、零人に声を掛けた。

「迷渕君、しっかりしてください！　ほら、吸血鬼の人達が困っていますよ！」

「い、いや、しかし、吸血鬼なんてそんな非科学的なものの存在を認めるわけには……」

「認めたくなくても、いるものは仕方がありません。ここは吸血鬼も『あり』だと思って対処しましょう」

「そ、そうか、そうだな……納得はいかないが、そうするしかないか……」

どうにか気を取り直した零人に笑みを浮かべ、真理は呟いた。

「それに、むしろ助かりました。悪霊などではなく、吸血鬼の仕業だと分かったわけですから」

「森野《もりの》さん？　助かったとは、どういう……」

「吸血鬼はどちらかと言えばモンスター寄りですから。モンスターが相手なら、怖くないです。ようやく私の出番が来たようですね……！」

「……えっ？」

真理は制服の懐を探り、隠し持っていたアイテムを取り出した。

それは、全長三〇センチぐらいのステッキのようなものだった。クリスタルカットされたクリアパーツのジュエルがいくつも埋め込まれている。

真理《まり》がスイッチを押すと、ステッキが倍ぐらいの長さに展開し、各部のジュエルがピカピカと光を放った。

「マジックシフト、ファンシー・チェェェェェエエエンジ！」

ステッキを振るうと、謎の光が拡散され、真理の身体《からだ》を包み込んだ。

手足が短くなり、身体全体がググッと縮み、ストレートの長い黒髪が金色に染まっていく。顔付きが幼くなり、瞳が青色に変化する。

制服が光に包まれ、ピンク色のローブに姿を変える。

空中に警察官が被《かぶ》るような帽子が出現し、頭の上に載る。

別人に姿を変えた森野真理は、高らかに名乗りを上げた。

「魔法警察ファンシー☆マリリン！　友を救うため、悪の巣窟に、華麗に降臨ッッッ！」

魔法の国からやって来た、魔法警察の捜査官、マリリンが出現した。

森野真理がマリリンに変身してみせたのを目の当たりにして、零人は硬直してしまった。

「そ、そんな、嘘だろ……森野さんが……マリリン……？」

「驚いた？　実は、こういう事だったんだよ！」

得意げなマリリンに、零人はブルブルと震えながら、ポツリと呟《つぶや》いた。

「……知ってたよ」

「えっ？」

「ずっと前から、たぶんそうじゃないかと思っていた……でも、気付かない振りをしていたんだ……」

「ほんとに？　いつ気付いたの？」

「森野さんが転校してきた時かな」

「ま、またまたあ！　そんなはずないよ！　さすがに嘘でしょ？」

疑いの眼差《まなざ》しを向けてきたマリリンに、零人《れいと》は淡々と答えた。

「まず、マリリンが出現したのと、森野さんが転入してきたのが同時期だったから、怪しいと思ったんだ。マリリンと真理で名前も似ているし」

「へ、へー。そうなんだ？」

「森野さんがマリリンについて、妙に好意的なのも引っ掛かった。まるで自分の事のように語っていたよね」

「そ、そうかなあ？　それは考えすぎなんじゃ……」

「森野さんがいない時に、学校にマリリンが現れた事があったよな。あの時に、ほぼ間違いなく同一人物だと思ったんだ。マリリンが学校で起こった事件について知っているのは不自然だったし、具体的な理由もなく森野さんがいなくなっていたのも変だ。二人が同一人物だとすれば、説明がつく」

「ええっ、そうなの？　じゃあ、どうして黙ってたの？」

「だ、だって、森野さんとマリリンじゃ、身長や体型がまるで違うじゃないか！　変装でどうにかなるレベルじゃないし、二人が同一人物だとすると、魔法でも使って変身しているとしか思えないから……」

「うわあ、大正解だよ！　さすがだね、零人！」

感心したように笑みを浮かべたマリリンに対し、零人は悔しげに歯嚙《はが》みした。

零人がマリリンの魔法を認める事ができなかった最大の理由がこれだった。魔法の存在を肯定してしまえば、森野真理イコールマリリンというのが成立してしまう。

「魔法の存在を否定している僕としては、認めたくなかった！　だからずっとスルーしていたのに！　なんで目の前で変身しちゃうんだよ！」

「そっかー。ごめんね？」

「大体、普通は変身したら成長するもんじゃないのか？　なんで縮んじゃうんだよ。意味が分からないぞ」

「あっ、それは違うよ。マリリンに変身したんじゃなくて、普段は森野真理に変身してるの！　マリリンが本当の姿で、森野真理が人間界で活動するための仮の姿なんだよ！」

「できれば、逆であってほしかった……」

「失礼だなー」

頭を抱えた零人に、マリリンは頬をふくらませた。

抜群のプロポーションに、清楚可憐《せいそかれん》で落ち着いた雰囲気を漂わせた、完璧な美少女、森野真理。

彼女が魔法によって作り出された、仮の姿でしかないという事実を突き付けられ、零人はショックを受けた。

「さようなら、森野さん……」と零人が呟くと、マリリンが「私はここにいるよ？」と言って存在をアピールしてくる。

零人は眉根を寄せ、マリリンに抗議した。

「君じゃない。森野さんを返してくれ」

「返すもなにも、私が変身した姿が森野真理なんだってば！　ちゃんと理解してるの？」

「理解はしたけど納得はできないんだよ！　あっちが仮の姿で幼女みたいな姿の方が正体なんて詐欺じゃないか！」

「なにをー！」

「森野さんの時は落ち着いていたし、理知的だったよな。マリリンの時には馬鹿みたいに能天気なのは演技なのか？」

「どっちも私だけど、演技をしているのは真理の方だよ。マリリンの方が地なの！」

「やっぱり逆がよかった……」

「ほんとに失礼だな！　マリリンの姿に不満でもあるの!?」

二人が揉《も》めているのを見て、吸血鬼だという闇坂奏《やみさかかなで》が不愉快そうに呟く。

「ちょっと、なんの話をしてるのよ。私達《たち》が吸血鬼だって、納得してくれたの？」

「いや、正直、それどころじゃないというか……マリリンの正体に比べたら、あなた達が吸血鬼かどうかなんて、どうでもいい気がして」

「どうでもいいとは何事よ!?　誇り高き我ら一族を侮辱すると許さないわよ！」

激怒した様子の奏に、零人は困ってしまった。マリリンは面倒くさそうに「うるさいなあ」などと呟いている。

「そう言えば、研修の課題で吸血鬼の二人組を追っているって言ってなかったか？　あの二人がそうじゃないのか？」

「あっ、言われてみれば確かにそうかも！　すっかり忘れてたよ！」

マリリンがハッとして、ローブの袖からくたびれたヨレヨレの紙切れを取り出す。

どうやらそれは手配書の類《たぐい》らしく、犯罪者の人相書きらしきものが記載されていた。

コウモリの怪物のようなイラストが描かれていて、マリリンは首をひねった。

「うーん、全然似てないね！　吸血鬼違いかな？」

「確かに似ていないな。だが、犯罪者なのは間違いなさそうだし……」

マリリンが追っている吸血鬼なのかどうかはともかく、今は彼女達が何をしていたのかを明らかにするのが先決か。

そこで零人は奏に質問してみた。

「その……吸血鬼は太陽の光に弱いはずですよね。ここからバイト先の屋敷まで、どうやって移動を？」

「夜が明ける前に出掛けるに決まってるじゃない。仕事中は屋敷から出ないようにしていたわ」

「な、なるほど。ええと、それじゃ……血を吸うためにこの館を訪れた人達を捕まえていたんですか？」

「そういう事。やっと理解してくれたようね」

「今までに捕らえた人間はどうしたんですか？　まさか……」

「心配しないでも殺してはいないわよ。用が済んだら記憶を消して解放してあげているわ。まだ何人かストックしてあるけど、新しい獲物が手に入ったら入れ替えるようにしているのよ」

「……」

という事は、楓《かえで》の友人やこれまでに行方不明になった人間はまだ生きているのか。最悪の事態は避けられたようでほっとした。

だが、まだ安心はできない。命までは取らないというだけで、奏達が罪もない人間を拉致しているのは間違いないのだ。

このまま放っておく事などできるわけがない。そこで零人は、奏に告げた。

「捕まえた人達を解放して、大人しく自首しろ……と言ったら、従ってくれますか？」

「ふふふ、面白い事を言うのね、坊や。誇り高き闇の眷属《けんぞく》たる我らが、どうして人間ごときの言う事を聞かなければならないのかしら？　人間など我らの食料でしかないというのに……」

「その食料に雇われてバイト代をもらってたんじゃないんですか？」

「うるさいわね！　他に稼ぐ方法がないんだから仕方ないでしょ！　人間界で暮らすには人間から金銭を得るしかないのよ！」

そういうものなのか。吸血鬼というのも色々と大変なようだ。あまり同情する気にはなれないが。

「だが、あなた達のやっている事は犯罪だ。見過ごすわけにはいかないな」

「あら、そう？　だったら、どうするのかしら。言っておくけど、追い詰められているのは私達じゃなくて、あなた達の方なのよ？」

奏が愉快そうに呟き、ペロリと舌舐《したなめず》りをする。

彼女の紅《あか》い瞳が妖しい光を灯《とも》して自分達を見つめているのに気付き、零人はゾッとした。

おそろしく冷たい、獲物を見定めるような目だ。零人達を食料として見ているのか。

「キミ、とっても美味《おい》しそうよね……若い男の血ってそそられるわあ……」

「!?」

「そっちの魔法警察の子も変わった味がしそう……どちらをメインディッシュにしようかしら？　迷うわあ……」

紅い瞳を不気味に輝かせ、奏がジリジリと迫ってくる。

息を呑《の》み、身構えた零人の傍らで、マリリンは特にあせった様子もなく、どこかキョトンとしていた。

「えっと、要するにお姉さんとお爺《じい》さんが犯人で間違いないんだよね？　拉致監禁、及び傷害の現行犯で逮捕するよ！　御用だ！」

「ふふふ、私達を捕まえるですって？　どうやら魔法の国の住人らしいけど、あなたのようなお子様魔法使いごときが私達に勝てるとでも思っているのかしら？　悪い冗談だわ……！」

マリリンの魔法が本物だと認めた上で、奏は不敵な笑みを浮かべている。

どうやら彼女はこれまでに遭遇した犯罪者達とは別次元の存在のようだ。マリリンの魔法でも勝てないのかと思い、零人は冷や汗をかいた。

だが、マリリンは慌てず騒がず、平然と呟いた。

「魔法警察をナメない方がいいよ！　悪霊は怖いけど、吸血鬼ならモンスター寄りだから、怖くもなんともないし！」

「ふふ、言うわね……子供の魔法が通じるかどうか、試してみる？」

「望むところさ！　どこからでもかかってくるがいいよ！」

オモチャみたいなステッキをスチャッと構え、マリリンが臨戦態勢を取る。

奏は愉快そうに笑みを浮かべ、傍らに控えた執事の鈴木《すずき》に呟いた。

「鈴木、少し遊んであげなさい。殺しちゃだめよ」

「承知いたしました。あとでご褒美の鞭《むち》をお願いします」

「いいわ、特別キツいのをくれてやるわ。楽しみにしてなさい」

「ありがたき幸せ！　では、参りますぞ！」

鈴木が前に出て、マリリンと対峙《たいじ》する。

彼の瞳が真紅の光を灯し、口元が吊《つ》り上がり、巨大な牙が剝《む》き出しになる。

「ふおおおお！」

邪悪な気配をみなぎらせ、腕や胸の筋肉がボコン、ボコンと膨張し、上半身が肥大化していき、執事服がビリビリと破れていく。

痩身の老執事が一瞬にして筋肉剝き出しのマッスルボディに変貌してしまい、零人は息を呑んだ。

鬼か野獣かといったすさまじい形相を浮かべたその姿は、もはや完全に人間の領域を超えていた。

　まさにモンスター、異形の怪物だ。人の力でどうにかできる相手だとは思えない。

「グォオオオオ！」

　吸血鬼の本性を剥き出しにした鈴木が咆吼《ほうこう》を上げ、牙を剥いてマリリンに襲い掛かる。

　対するマリリンはオモチャみたいなステッキをサッと振るい、先端を鈴木に向けて叫んだ。

「えいっ！　アブソリュートホーリーライトニング！」

「!?」

　ステッキのクリスタルジュエルがピカピカと光り、耳をつんざく轟音《ごうおん》と共にまばゆい光の奔流を解き放つ。

　それは、聖なる白き稲妻だった。ステッキの先端から発生した稲妻が轟《とどろ》き、モンスターと化した鈴木の巨体に直撃し、チュドーン！　と派手な爆発を起こす。

「ぎゃああああ！」

「ああっ、鈴木ぃ！」

　断末魔の声を上げ、鈴木は黒こげの消し炭となってバタン、と倒れた。

　従者をあっさりと片付けられてしまい、奏が顔色を変え、眉を吊り上げてマリリンをにらむ。

「お、おのれ、よくも鈴木を……どうやら私を本気で怒らせたようね……！」

紅い瞳を不気味に輝かせ、奏は邪悪な力をみなぎらせた。

両手の爪が刃のように伸びて、身体《からだ》の各部がミシミシと音を立て、その痩身に莫大《ばくだい》なパワーが宿る。

奏は殺意を全開にした眼差《まなざ》しでマリリンをにらみ、不意に視線をずらして、その瞳に零《れい》人《と》の姿を捉えた。

邪悪な吸血鬼と目が合ってしまい、零人はゾッとした。ニヤリと口元を歪《ゆが》め、奏が零人に襲い掛かる。

「鈴木をやってくれたお返しよ！　まずは探偵の坊やから仕留めてやる！」

「う、うわあ！」

マリリンがすばやく動き、零人を真横に突き飛ばして攻撃を回避させる。

鋭く斬り付けてきた奏の長い爪を、マリリンのステッキがガシッと受け止めた。

「くっ……おのれ、生意気な……！」

鬼のような形相を浮かべてうなる奏をにらみ、マリリンは叫んだ。

「零人に手は出させない！　零人は私の大事な相棒なんだから！　傷付けるやつは許さないよ！」

「マ、マリリン……！」

ずっと助手扱いされていたマリリンから『相棒』と言われ、不覚にも零人は感動してしまった。

ようやく対等に見られるようになったという事か。今現在、零人はまるで役に立っていないのが悲しいが。

「このっ！」

「あっ、ステッキが！」

奏が力を込めて腕を振るい、マリリンのステッキを弾《はじ》き飛ばしてしまう。

ステッキを失ったマリリンを奏が爪で引き裂こうとする。マリリンは後ろ向きに飛んでそれをかわし、ローブの袖から回転式拳銃《リボルバー》を抜き、引き金を引いた。

ドゴーン！　という銃声が鳴り響き、発射された弾丸を、奏は爪を振るって弾き落としてみせた。

「無駄よ！　銃なんかで吸血鬼は倒せないわ！」

「対悪霊用に用意した銀の弾丸なのに！　当たれば死ぬはずだよ！」

「そ、そんなの効かないし！　仮に効くとしても、当たらなければ同じ事よ！」

マリリンが銃を連射したが、奏は弾丸を弾いて直撃を防いだ。

銃では倒せないのか。命中すれば倒せそうな感じだが、当たらないのではどうしようもない。

飛ばされたステッキの行方に目をやり、零人はうなった。広い部屋のかなり奥まで飛んだようだ。見える範囲にはない。

「くっ……！」

迷っている暇はない。零人は駆け出し、ステッキが飛んだあたりへと走った。

「むっ、探偵の坊や？　待ちなさい、逃がさないわよ！」

奏《かなで》が気付き、零人を追い掛けてくる。そのスピードは人間の比ではなく、一瞬で零人に追い付き、隣に並んだ。

長い爪で零人を薙《な》ぎ払おうとした奏だったが、そこへ銃弾が飛んできて、慌てて奏は爪で弾いた。

撃ったのはマリリンだった。すばやく予備の弾を込め直しながら、奏に叫ぶ。

「逃がさないよ！　マリリンの射撃は百発百中！　絶対に的を外さない！」

「チッ、しつこいわね！」

奏が動きを止めた隙に、零人は全力で走った。部屋の隅に転がったステッキに飛び付き、拾うと同時に反転し、マリリンに叫ぶ。

「受け取れ、マリリン！」

ステッキを振り上げ、マリリンに向けて放り投げる。

すると奏がすばやく反応し、ステッキに向かって飛んだ。

「させるか！　そんな物、壊してやる！」

奏のスピードは驚異的で、マリリンに届く前にステッキまで追い付いてしまう。

そこでマリリンは銃を構え、慎重に狙いを付けて二連射した。

一発目の弾丸が奏を襲い、爪で防御させて動きを止める。

二発目の弾丸は途中で軌道を変え、宙を舞うステッキの後ろに回り込み、ステッキのグリップにヒットして、ガン、と弾いた。

ステッキが加速し、ギュルギュルと回転してマリリンの所まで飛んでくる。

飛来したそれをパシッとキャッチし、マリリンは身構えた。

「サンキュー、零人！　あとはお任せだよ！」

すると奏がギン、とマリリンをにらみ、全身にどす黒いオーラをみなぎらせ、身体を三回りほど肥大化させた。

背中に巨大な翼が生え、筋肉剝き出しの黒い皮膚があらわになる。その姿は手足の生えた巨大な蝙蝠《こうもり》のようだった。

マリリンが持っていた手配書に記載されている似顔絵とそっくりだ。やはり彼女がマリリンのターゲットだったのか。

「醜くなって嫌だけど、全力出してやるわ！　お前の身体をバラバラに引き裂いて、一滴残らず血をすすってやる！」

「上等だよ！　来い、化け物！」

「ハッ、アホが！　お子様魔法使いの魔法なんかがこの私に通じるものか！　死ねええええ！」

異形の怪物と化した奏が猛然と迫り、マリリンはステッキを構えて叫んだ。

「えいっ、アルティメットヘブンズフレア！」

「!?」

ステッキのクリスタルジュエル全てがピカッと光り、先端から光を凝縮したような球体がフワリと出てくる。

球体が突進してきた奏に接触した瞬間、光が爆発的に弾け、地下空間を真っ白に染め上げる。

聖なる光の炎に飲み込まれ、奏は絶叫を上げた。

「ぎゃあああああ！　ば、馬鹿な、なんだ、この威力は!?　子供の魔法ごときでこの私がやられるはずは……！」

「知らないなら教えてあげるよ！　マリリンの魔法使いレベルは準マスタークラス！　魔法の国でも最高位の一つ下のレベルなのさ！　倒せないモンスターなど皆無なのだよ！」

「そ、それを先に言えええええええ！」

光の炎に焼き尽くされ、奏の身体が元の大きさに戻り、黒こげの消し炭になってバタンと倒れる。

マリリンは額の汗を拭い、一仕事終えたとばかりにふう、と息を吐き、ステッキを構えてビシッと決めポーズを取った。

「魔法警察ファンシー☆マリリン！　邪悪な誘拐犯をあっさり退治！　これにて一件落着ッ！」

事件解決を宣言したマリリンに、零人はぎこちない笑みを浮かべた。

部屋の奥に貯蔵庫のような場所があり、そこにさらわれた人間達《たち》が眠らされた状態で並んでいて、その中には楓《かえで》の友人である長沢《ながさわ》マキの姿もあった。

いずれ警察の調べが入るだろう。これで事件は解決か。

「しかし、吸血鬼が犯人なんて……こんなのどう報告すればいいんだ？」

眠ったままの速水《はやみ》達を見やり、零人は悩んでいた。マリリンが不思議そうに首をかしげる。

「ありのまま事実を告げればいいんじゃないの？」

「それが通用するほど警察は柔軟な考え方をしてくれる組織じゃない。いや、警察に限らず、この世界には吸血鬼の存在を受け入れてくれるような人間はほとんどいないはずさ」

「ふーん。吸血鬼も大変なんだね」

「……そうなのよぉ！」

「うわっ！　びっくりした！」

黒こげの奏がムクッと起き上がって声を発し、マリリンは飛び上がって驚いた。

不死が売りの吸血鬼だけあって、まだ生きていたらしい。見ると執事の鈴木《すずき》もピクピクと痙攣《けいれん》しながら身を起こしている。

マリリンがステッキを手にして身構えると、奏は両手を上げ、首を横に振った。

「やめて、もう争うつもりはないわ。今回は私の負けという事にしてあげるから、ありがたく思いなさい」

「すごいな。まるで歯が立たなかったくせに、ギリギリの勝負だったみたいな言い方を……」

「そこ、うるさい！　ともかく降参よ。だから命だけは取らないで」

交戦の意思はないと知り、マリリンはステッキを下ろした。

「じゃあ、大人しく自首するんだね？」

「してもいいけど、どうせ人間の警察なんかじゃ手に負えないわよ？　監獄から抜け出すぐらい簡単だし」

「そっかー。じゃあ、この場で死刑だね！」

「ひいっ！　そ、それは許して！　もう人さらいはやめるし、ここから出ていくから！」

「んー、どうしようかなー？」

悩むマリリンに、零人は呟《つぶや》いた。

「こいつらは君が探していた犯罪者なんだろ？　逮捕して魔法の国に送らなくちゃいけないんじゃないのか？」

「……まあ、そうなんだけど……」

「？」

珍しく歯切れの悪いマリリンに、零人は首をひねった。

しばらく考えてから、マリリンはニコッと笑った。

「うん、やっぱり魔法の国に連行するしかないね！　御用だ！」

ローブの袖から大型の手錠を取り出し、奏と鈴木にガチャリと掛けて捕縛する。

「あー、お前達に一切の権利はない！　抵抗すればその場で処刑するのであしからず！」

「ひいいい……！」

「なんたるご褒美！」

情け容赦の欠片《かけら》もないマリリンに、半死半生の吸血鬼達は震え上がっていた。鈴木の方は喜んでいるようだが。

「えいっ、ゲートオープン！」

マリリンがステッキを振るうと何もない空間に両開きの扉が出現し、自動的に開いた。

扉の向こうは虹色の光が渦を巻く謎空間で、捕縛された吸血鬼達が吸い込まれていき、姿が見えなくなった。

謎空間に姿を消した吸血鬼達を見送り、零人《れいと》はため息をついた。

「拉致された人間は無事に救出したが、犯人はマリリンに恐れをなして逃げてしまった……そういう事にするしかないかな」

「零人がそれでいいんなら構わないよ！　じゃあ、そろそろ魔法の国に帰ろうかな？」

「えっ？」

ハッとした零人に、マリリンは笑顔で告げた。

「こっちには研修で来てるって言ったでしょ？　吸血鬼を逮捕して研修課題をクリアしたんだから、魔法の国に戻らないと。向こうでも仕事が待ってるからね！」

「そ、そうか。しかし、そんなに急がなくても……せめて、みんなにお別れを……」

「そういうのは苦手なんだよ！　だから零人にだけ、挨拶をしていくよ！　今までどうもありがとう！　一緒に捜査ができて楽しかったよ！」

「マ、マリリン……」

あまりにも唐突で、零人は何を言っていいのか分からなかった。

訊《き》きたい事は山ほどある。魔法の国というのはどこにあるのか、本当に魔法警察の捜査官なのか、彼女が使っていた魔法は本物なのか。

そして——また会えないのか、と。

零人が迷っているうちに、マリリンは笑顔で手を振り、扉の中に入っていった。

「んじゃ、そういう事で！　バイバーイ！」

「マ、マリリン！　ちょっと待っ……」

扉がバタンと閉じるのと同時にまばゆい光が弾《はじ》け、零人は何も見えなくなった。

光が消えたあとには、扉は消えてしまい、もうマリリンの姿はどこにもなかった。

「そんな……別れの言葉ぐらい言わせてくれよ……なんてマイペースなんだ……」

零人の呟きに応えてくれる者は、誰もいなかった。

エピローグ

数日が過ぎた。

被害者は無事に保護され、行方不明事件は解決した。被害者達は衰弱していたが、順調に快復しているという。

零人の証言により、事件を解決したのはマリリンという事になっている。彼女の記事は新聞の一面トップを飾った。

誰もまだ、マリリンが魔法の国へ帰ってしまった事を知らない。知っているのは零人だけだ。

零人はマリリンが帰還した事を公表するつもりはなかった。いずれ皆も気付くだろうが、黙っていた方が犯罪の抑止力になると思ったのだ。

森野《もりの》真理《まり》は転校してしまった事になっている。明るい彼女は生徒に人気があったようで、クラスの皆は残念がっていた。

零人の自宅の隣にある真理の家は再び空き家となっていた。

四六時中、傍《そば》にいた彼女がいなくなり、零人は何か物足りない気分だった。

「元気ないね、迷渕《まよいぶち》。大丈夫？」

「ん？　ああ、問題ないよ」

学校にて。自分の席でぼうっとしていた零人に、小宮《こみや》楓が声を掛けてきた。

気のない返事をした零人をジッと見つめ、楓は呟いた。

「森野さん、いなくなっちゃったね」

「……そうだな」

「変わった子だったけど、面白い子だったよね。いると退屈しないっていうか」

「……そうだな」

零人の反応を見ながら、楓はさらに続けた。

「その……あたし、森野さんって、マリリンなんじゃないかと思ってたんだけど……そこんとこ、どうなの？」

「……」

一瞬、ピクッと反応した零人だったが、すぐに気を取り直し、つまらなそうに呟いた。

「そんなわけないだろ。あの二人は別人だよ」

「本当に？　断言できるの？」

「できるさ。僕が保証する」

いなくなったとは言え、正体は秘密にしておくべきだ。

でないと、また彼女が来た時に困るだろう。零人はそう判断した。

どこか納得できない顔をしながら、楓はため息をついた。

「ま、いいけどさ。また会えるといいね」

「……そうだな」

楓は真理ともマリリンとも言わなかったが、零人にとってはどちらでも同じ意味だ。

相槌《あいづち》を打つ以外、答えようがなかった。


放課後、零人は一人で下校した。

制服の胸ポケットに入れていたスマートフォンがブルブルと振動し、メールの着信を知らせる。

スマートフォンを取り出し、確認してみると、速水刑事からメールが届いていた。

「また怪盗レザービーから予告状が来たのか。よし、それじゃ急いで現場に……」

そこで何かが猛スピードで近付いてきて、零人の傍らでピタッと止まった。

見るとそれは、ピンク色の派手な車だった。

零人が目を丸くしていると、運転席のウインドウが開き、帽子を被《かぶ》った金髪の少女が顔を出してきた。

「事件だね、零人！　早く乗って！」

「マ、マリリン？　あれ、魔法の国に帰ったんじゃ……」

するとマリリンはニコッと笑い、零人に告げた。

「魔法の国は平和そのもので、私がいない間も事件らしい事件は一つも起こってなかったよ！　だから研修期間を延長して、しばらくこっちの警察を手伝ってあげる事にしたの！　こっちは事件だらけだもんね！」

「そ、そうか……」

「零人も私がいた方が助かるでしょ？　ほらほら、喜んで！　照れなくていいんだよ！」

思わず笑みを浮かべてしまった零人だが、すぐに表情を引き締め、コホンと咳払《せきばら》いをした。

「別に僕一人でも十分だが、手伝ってくれるのなら構わないさ。事件は早めに解決するに限るからな」

「もう、素直じゃないなあ。マリリンの顔を見た瞬間、すっごくうれしそうにしてたくせにぃ」

「し、してないぞ！　いきなりで驚いただけだ！　それでその、しばらくこっちにいるんだな？」

「うん、そうだよ！　また一緒に捜査できるね！　よろしく、相棒！」

笑顔のマリリンに、どこかほっとした気分になりながら、零人は笑みを浮かべた。

「こちらこそ。じゃあ、行こうか」

「うん、さあ、乗って！　飛ばすよーッ！」

零人が助手席に乗り込み、マリリンはマホウカーをスタートさせた。

今日はどんな事件が待っているのだろうか。だが、それがどのような難事件であろうと、マリリンと一緒なら解決できる。

それが零人の素直な気持ちだった――。

あとがき

皆さん、はじめまして。作者のやますやまと申します。これが三番目のＰＮだったりしますが、以後お見知りおきを。

第10回オーバーラップ文庫大賞にて銀賞を受賞させていただきました作品が本作になります。お買い上げありがとうございます！

本作のコンセプトは割と単純で「自分の好きなジャンル二つを掛け合わせたら面白い作品になるんじゃ？」という発想から来ています。

二つのジャンルというのは、いわゆる「ミステリ」と呼ばれる推理物と、「異世界からやって来たおかしなキャラがワチャワチャするコメディ」という漫画やラノベなどでおなじみのアレです。

これが意外なぐらいにいい感じにはまりまして、冒頭のシーンを書き出してみたら、そのままの勢いで最後まで書いてしまいました。

ラノベならではの、バカミスとはまたちょっと違うお馬鹿なミステリコメディ作品になったんじゃないかと思うのですが、読者の皆さんにも楽しんでいただけましたら幸いです。

主人公の一人は、高校生探偵、迷渕零人《まよいぶちれいと》。推理物側《ミステリサイド》の人間であり、ハチャメチャなマリリンやその他登場人物の行動に対する歯止め役でありツッコミ役でもあります。

僕は随分昔に、ショートショートばかり書いていた時期があったのですが、その頃に設定した主人公の一人が名無しの探偵でした（ショートショートは非常に短い形式の小説なので登場人物は名無しの場合が多いのです）。

名無しの彼に名前を付けてあげようと思い、考えたのが「迷渕」。それ以来、探偵キャラを出す際には「迷渕」を使うようになりました。

彼らは全員、親戚ではありますが別人で、本作の主人公である零人は四番目ぐらいになる迷渕一族です。迷渕という名を表に出すのは彼が初めてとなりますが。

もう一人の主人公であり、ヒロインでもあるのがマリリンです。「魔法の国出身の魔法使い」というのはこれまでに書いてきた作品で何度か使っている設定で、微妙に変えながらも共通のものだったりします。

マリリンのキャラは、僕の持ちキャラの一つで、これまでずっと育て上げてきたものです。「ともかく強気でアグレッシブ、我が道を突き進む正義の少女」といったところでしょうか。かわいいだけじゃない、様々ななにかを超越したヒロインです。
もう一人のヒロインである森野真理《もりのまり》もまた、これまでに育ててきた持ちキャラの一人だったりします。「礼儀正しく清楚可憐《せいそかれん》でアグレッシブ」といったところでしょうか？彼女の正体が判明した後に読み返してみると面白いかもしれませんね。

本作を選んでくれた編集部の皆さま、ありがとうございます。オーバーラップ文庫大賞は一次、二次選考と審査ごとに評価が付くのですが、途中経過でめっちゃ評価されていてビビりました。これはもしかして受賞しちゃうんじゃ……と思ったら本当に受賞しちゃうし。びっくりです。

担当編集のNさん、いつもありがとうございます！　改稿ポイントや設定のあれこれ、イラストのイメージなど、熱意が伝わってきてありがたいです。受賞作の改稿の際に一〇〇ページ追加で！　と言われた時は耳を疑いましたが……。えっ、一〇〇ページ？　一〇〇文字や一〇〇行じゃなくて？　一〇〇ページって40×17の一〇〇ページなの？　えっ？ってなりましたが、今となってはいい思い出です。

イラスト担当のさまてる様、とてもすばらしいイラストをありがとうございます！　マリリンの容姿については、僕の頭の中にぼんやりとしたイメージがあったのですが、それをはるかに超越した魅力的なデザインで、マリリンそのもののように思いました。カバーイラストの完成版を見た時の衝撃は強烈なものでした。そして口絵のマリリンがまたとんでもなくすばらしい！　本当にありがとうございます！

最後に、読者の皆様、ありがとうございます！　お買い上げありがとうございます！　この作品を選んで、読んでくれて本当にありがとうございます！　あなた様のなにか、心のうちにあるモヤモヤしたものが、本作を読む事で満たされたのなら幸いであります！　もしよかったら「あそこのあのシーンが笑えた」などとXなどで呟《つぶや》いてくれたら参考になります。編集部宛に「コミカライズ希望」や「アニメ化希望」などという葉書を送るのもありですね！　よろしくお願いします！

……嘘《うそ》です、ごめんなさい！　読んでくれただけでありがたいです！　アホな作者の事は嫌いになってもマリリンの事は嫌いにならないでね？　それではまた、近いうちにお会いしましょう！　やますやま、でした！

OVERLAP

魔法警察ファンシー☆マリリン 1
～証拠がなくても即逮捕！～

発　　行　2024年1月25日　初版第一刷発行

著　　者　やますやま
発 行 者　永田勝治
発 行 所　株式会社オーバーラップ
〒141-0031　東京都品川区西五反田 8-1-5
校正・DTP　株式会社鷗来堂
印刷・製本　大日本印刷株式会社

Printed in Japan　ISBN 978-4-8240-0708-7 C0193

オーバーラップ文庫
迷宮狂走曲
Maze Rave Adventurer
エロゲ世界なのにエロそっちのけでひたすら最強を目指すモブ転生者
A reincarnated person who is in the world of erotic games
but does not do anything sexual
and just aims to be the strongest adventurer.
［とりあえず最強目指すか］
伝説RPGエロゲの世界に転生したハルベルトは、前世のゲーム知識を生かし最強の冒険者を目指すことに！　超効率的なレベル上げでどんどん強くなるのだが、そのレベル上げ方法はエロゲ世界の住人からすると「とにかくヤバい」ようで？　エロゲ世界で「最強」だけを追い求める転生者の癖が強すぎる異世界転生譚、開幕。
著 宮迫宗一郎　イラスト 灯
シリーズ好評発売中!!

オーバーラップ文庫
異能学園の最強は
平穏に潜む
～規格外の怪物、
無能を演じ
学園を影から支配する～
［その怪物――測定不能］
最先端技術により異能を生徒に与える選英学園。雨森悠人はクラスメイトから馬鹿にされる最弱の能力者であった。しかし、とある事情で真の実力を隠しているようで――？　無能を演じる怪物が学園を影から支配する暗躍ファンタジー、開幕！
著 藍澤 建　イラスト へいろー
シリーズ好評発売中!!

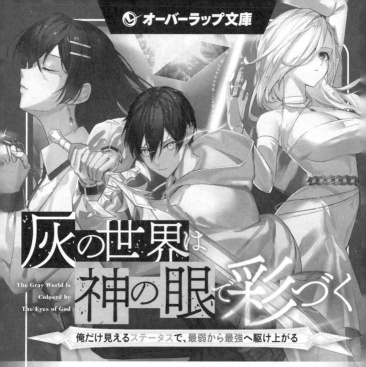

第12回 オーバーラップ文庫大賞
原稿募集中!
イラスト:じゃいあん
【締め切り】
第1ターン 2024年6月末日
第2ターン 2024年12月末日
各ターンの締め切り後4ヶ月以内に佳作を発表。通期で佳作に選出された作品の中から、「大賞」、「金賞」、「銀賞」を選出します。
その物語は、きっと誰かが好きな物語。
【賞金】
大賞…300万円
(3巻刊行確約+コミカライズ確約)
金賞……100万円
(3巻刊行確約)
銀賞………30万円
(2巻刊行確約)
佳作………10万円
投稿はオンラインで! 結果も評価シートもサイトをチェック!
https://over-lap.co.jp/bunko/award/
〈オーバーラップ文庫大賞オンライン〉
※最新情報および応募詳細については上記サイトをご覧ください。
※紙での応募受付は行っておりません。